爱 情 们

王春 著

陕西出版传媒集团
太白文艺出版社

图书在版编目（CIP）数据

爱情们 / 王春著. —2版. — 西安 ：太白文艺出版社，2014.12
ISBN 978-7-5513-0761-1

Ⅰ. ①爱… Ⅱ. ①王… Ⅲ. ①长篇小说—中国—当代 Ⅳ. ①I247.5

中国版本图书馆CIP数据核字（2014）第265516号

爱情们

作　　者　王　春
责任编辑　韩霁虹　党静媛　马凤霞
插　　绘　王　春
装帧设计　钱克方工作室
出版发行　陕西出版传媒集团
太白文艺出版社
（西安北大街147号 710003）
太白文艺出版社发行：029-87277748
tbwytougao@163.com
经　　销　新华书店
印　　刷　陕西金德佳印务有限公司
开　　本　889mm×1194mm　1/32
字　　数　140千字
印　　张　7.5
版　　次　2014年12月第2版 第3次印刷
书　　号　ISBN 978-7-5513-0761-1
定　　价　23.00元

愛情們

l o v e t h e m

天下没有完美而顾全的方式。只有最适宜的最正确的。那么现在应该是吧。司朴这样认为。

壹

有关阿易的信息有时候是那么弱，仅仅一个声音传来，声音里陌生就很多，这种陌生是怎样产生的？认识这么久了，这么亲密了。可是陌生是扎扎实实在心里的，尤其是通过电话传递的声音，似乎那个人有点不真实的意思，全部的形状就是依靠在小小的握在手里的电话上，凉凉的，而不是穿透电话而来的一个人扑面的温度，这令人懊恼，感觉明明不是这样的。为什么明明是做了很多有温度的事情，反倒有时候在彼此的时空间很难嫁接上该有的渠道呢？在一起的时光像是一个个独立的盒子，不去打开盒子的时候，有一点虚幻的迹象。司朴本来前一秒的快乐情绪还在，接电话时的“喂”还是孩子气的可爱。突然在三句话后就控制不住这种莫名懊恼的情绪，或者是不是有点委屈的成分，或者甚至是自己太懂事，懂事的东西紧紧地捆着人的自然情绪，于是，过犹不及了。

心里这么多，其实语言上什么也没有表露，阿易在那边还笑。可是心里很多层次，在一瞬间颠覆。原因是什么呢？她也搞不清楚，她的日子有点唐荒，虽然不说，但每天等他的电话，担心自己如果安排了什么事情，会不会耽误和阿易的约会。他很忙，所以司朴一直处在被动的局面当中，很少主动提议约会，都是等阿易闲下来给她电话。阿易因此也曾经怪嗔过她，说：你啊，主动性不够。那时候司朴还假装不假装地生气，说：你真没良心，我不是一味替你考虑，让你掌握着主动权。难道你要我但凡想你就给你打电话就约你，那样是觉得很热烈，热烈是有杀伤力的，不是不想打乱你工作和生活的节奏嘛。阿易看她认真嘟嘟，笑了，说：我知道。

你知道什么啊，司朴心里说。我在心里杀伤自己，你知道不？直到见面才能痊愈。你也许很少遇到这么冷静的女人哦。呵呵，大家都不好再说什么，再说下去显得做作。他们都是成年人，讨论感情的方式方法孰对孰错显得就是很做作。

因为前两天病了，阿易去了外地，电话说水土不服，腹泻。她就没有告诉他她也病了，非常关切地让他一定去买藿香正气胶囊，告诉他这个药对于换水土引起的不适最有效。然后紧接着的两天，比平常密集地发了信息给他，问候并担忧着。

回来也没有见。阿易在外地的时候，那个晚上，司朴发了晚安的信息后，在后面还加了一句：真想过去陪你。

这句话带着强烈的冲动丝微的想象夜半的暧昧进入夜

空进入司朴的睡意。司朴一般不发这样的东西，她习惯于更隐讳的表达。忘了这个信息过去，阿易有没有给她答复，好像就真的是进入夜空了。回复不回复都没有关系，热情洋溢地回过来，那是孩子的恋爱游戏。司朴不在意这个，在意自己的瞬时感觉。

回来后也一直没见。回来后电话里她才说自己的身体，他很关心，提了一些建议，然后说：在忙，有空了就给你打。

司朴很乖地挂了电话，她很奇怪，她在他面前有“乖”的感觉，这种感觉让她很舒服。她是痴迷一个在气场上能罩住她的人，让她有小女人的感觉，她一直缺少这个，让她在这个人身旁，大脑和四肢就变傻和变笨。这是不是女人的理想之一，是不是一种庸俗的理想？但往往庸俗里有贴心贴肺的幸福。

她于是就很乖地等他再来电话。

那个电话是在前天的早晨，那天下午晚上一直没有音信，第二天有一个信息，说在忙。然后就是今天这个让司朴突然心中难过的电话。

他在那边说：我看看吧，这两天见一下。

司朴就突然感觉难过，本来就该见了，还说看看。司朴声音中还是没有情绪上的线索，轻松着说：你先忙吧，忙完再说。

那边：明天中午吧，你身体不舒服，我带你吃好吃的去。

他记着自己的不舒服，但怎么说着像说公事似的，一件安顿在他所有事情中的一件，只不过这一件显得私人一点。之前和之后一样干脆利落，没有拖泥带水的东西。是啊，我要怎样呢，这不是我要达到的吗？何必又心不甘。

明天再看，说不定你会有别的事情，反正实在没什么事了，我是排在最后。

我要打你了啊。他欢快地说。

司朴也奇怪自己怎么说出上面的话。她一向是一个理解别人而且从来都不在别人面前泛滥自己都看不上的那些低级情绪的人啊。

阿易也是因为她的很多与众不同才慢慢和她有了相爱的心思。阿易说：你这样的人，很难见到。

司朴很快挂了电话，挂的时候那边阿易说再见的声音还没有结束。司朴想更糟糕了，自己怎么这样。可是那个手指超乎理智的控制，果断地按断了电话。然后怔怔地坐在沙发上发愣，太不应该了，难道我在怪他吗？我有什么理由怪他呢？自己是想见了没有见到有点恼怒呢，还是什么东西在瘙痒着神经质的自尊？这个自尊关乎独立和有效控制，这两点都有点凌乱了。

司朴想也许是时间久了，自己总是在想念的时候见不到他，还要一直表示理解，泛起的冲动自己悄悄消化，然后他有空了，自己立刻应约。情绪和行为一直在交错纠缠，背后是自己一个人傻兮兮地和自我内心的教育和斗争。这些说出来显得不纯正，既然这样就这样吧，既然感觉不对，就大刀阔斧地修正呗。踩在摇摇晃晃的吊桥上，算怎么回事！可是司朴就是这样一个人，她没办法和那些明朗简单的女人一样，获取明朗简单的方式。她过于站在别人的角度理解和支持，其实自己也不是那么地刀枪不入啊。往往在自觉的概念上已经达到，所以行为疲疲沓沓跟着走，总是会闹意见的嘛，慢慢地脚步才能够坚决和发自内心。

但自己从一开始就是知道这些的，而且阿易并没有明说什么，自己就自然调整成这样一种状态，当然一直大家都觉得舒适，阿易自然更是满意的。因为阿易的满意态度，像一面镜子折射着司朴的方式，司朴一直是要一种凌驾于世俗之上的情感方式的，这样很好。司朴从不多语，暗暗地有一种沉静，阿易既没有负担，又享受着快乐的相爱。司朴也觉得自己很快乐，又有一种快丢了的激情。激情对于司朴来说太重要了，司朴只要这个。

但今天怎么回事呢？她不知道是自己不能免俗地带着情绪，还是太要求完美。也许阿易根本就没有觉察，但他说话的方式今天怎么让她听着都觉得不适，最后他约明天的时候，要她确定，说：关键是关系到我明天中午的安排。

那么就是说司朴如果还推三阻四不能确定，可别耽误了什么吧。如果你有空我们就定下来约，如果你没空我要早点安排别的。司朴一下子就觉得自己是他日程表里和别的东西区别不大的一个安排，都占用着时间，如果不行，立刻有别的顶上来。这样的安排让司朴感受不到男女之爱在这些之上的差别，本应该完全特别出来的。

司朴的情绪下滑，就听着很沮丧。一直绷得很合适的神经今天为什么垮塌？

司朴最近正是微微觉到他们之间有关约会的程式化，似乎有意识在每隔一个恰当的长度后就约一下，然后肯定下来几天是不见的。不知道是不是已经有了刻意。

见面当然是快乐的，要搂着，互相审视凝视一番，然后脱衣沐浴，上床缠绵。然后一人点一根烟，靠在床头，随意说说话，交流近日的所见所闻。时间充裕了，就睡一会儿，时间少了，大家就留恋一会儿，起身走掉。

司朴已经觉到一点微小的躲避，也许阿易也一样。他不再是说：见一下！而是说：见不见？

也许是强大的惯性轨道仍旧推着他们，谁都没法说怎么了，我们怎么了？怎么就把当初改变了呢？他说：见不见？他把问题抛给她，她怎么来整理呢？

今天司朴怎么想都是伤感的，所以她决定，明天，阿易打电话来，她要轻描淡写地说：有事，就不见了。

打开电脑，直奔邮箱。这里是自己和阿易说话的一个秘密地方，任何时候想说话，就来，或者是见面时不能应景的正式的什么语言，就放在这里。发出去，心里就舒适很多，像每天完成一件必须的事情，就像一个想吃的水果，咽下去，就舒服了。

阿易会隔几日看看，有时候说起，说：真好。有时候也没什么说的，但司朴知道他是喜爱她这些话的，是他在休息时，点上一根烟，独自一个人的优美时光，有一点幸福，有一点柔情，有一点心酸，还有一点私密的快乐。人对于隐秘的需要可能也是本质的吧，只属于自己，任何人不需要知道，但面对人群的时候，自然有一种淡淡的不一样的情绪，觉得自己某种程度上超越了平凡的景象。

有一段时间没发信件，他打开时一定会有一点失落，虽然表露这个有点小儿科，但司朴知道。

司朴一方面是疏泄自己的感情，人总要有一个出口，不然不能随心所欲见面，总是有时刻熬不过去。写一段字，很奇怪，就容易平静。司朴也想让阿易打开信箱时看到新邮件那里有她活泼的名字，他叫她傻丫头。

这是在大家走到肌肤相亲之后不久，阿易搂着她，一个男人刚刚感受完年轻女人湿润芬芳的情欲，触电的感觉还袅腾在拥抱中，司朴不说话，脸上有点粉色的光芒，在暗暗的光线中闪烁着，大大的眼睛抬起来看着阿易，阿易低头捏了捏她的脸，说：傻丫头。然后又说：我以后就这么叫你。司朴悄悄笑了笑，很开心于这个称呼，这是一个男人疼爱一个女人时自然会想到的称呼。而且，司朴知道，她虽然已经三十岁过了，但青春的气息一直没有离开，很多人都以为她大学毕业没几年。

信箱里发件人不是只写“傻丫头”，司朴会因为彼时彼境加上前缀或者后缀，诸如唯一之傻丫头、半夜的傻丫头、又是一个半夜的傻丫头、最傻丫头、傻丫头说早安等等。题目是新鲜的不一样的，内容却基本是模糊的不具体的，都是喃喃于一种想念中的回忆和咀嚼。

司朴打开写信的文本框，发了会儿愣，却不知写什么，不想把不好的情绪写过去。司朴很在意自己的处理方式和水平，与其说是想在阿易的面前展示出较好的东西，不如说是自己更在意自己对自己的评价。

司朴是一个克服不了完美主义倾向的人。

就不写了，随便打开发件箱的一封，题目《傻丫头沉陷》，写着：

处在感情中的人，很容易慌乱。我是努力克服自己作为女人的弱性。有时候一天不听到声音，似乎今天很重要的一个节奏没有响过，有点寂静，有回音，就开始担忧。其实我知道你很忙，我也劝你不要惯我一个规律的习惯，似乎是总要每天牵挂的一个具体事。你该忙就忙，该搁置就搁置，我能理解。只是你一定是平安的很好的顺利的，就好。我有时候都觉得我在这里喋喋不休，挺没劲的。日子很多内容，在你，工作和事业是大的比重，家庭和孩子是大的比重，我呢，也是一块比重。女人，很容易盲目上升，起码日子里无法排除所爱男子的影响，这真是挺不一样的。我因为心中使着很大的定力，所以有点怀疑，在为什么东西使劲？胡言乱语，都是给你换脑子，看着玩玩，千万别当真，真的假不了。

司朴一看时间，是两个星期前的信，好像是有两天时间没有联系，司朴有点心慌。写了这段，现在看来，司朴觉得自己一直是在充分体贴阿易的，害怕由于自己的原因让他心生不安。即便自己偶尔有点波动，也是尽快调整好自己。是啊，在为什么东西使劲？为一个令自己满意的状态，为一个生活中还能出现的爱情，还是为一个什么？总之，司朴使着很大的心力。这心力犹如一块浓厚有力度的云，架着她。

其实司朴是真正排除着有关现实生活中存在的东西，她是从意识上就不在意阿易的家庭，也不是因为自己也有家庭的原因。在司朴的心里，阿易和她的感情就是感情，和其余都没什么关系，不会受到影响也不愿影响其余。只不过就是在平常相处的方式上要有一些忌讳和技术，彼此之间真是在很好地尊重着彼此的生活。

这不是刻意，是真心的。阿易在初期，迟迟没有往深处走，司朴当时以为他要的就是这种有距离的感觉，后来发现其实也是在观察和了解她，后来终于发现司朴的与众不同，他说：这也是一种素养。对于现在的女人，能理解到这样的程度，太难了。

司朴想，和自己交往，阿易觉得安全。是啊，对于一个事业有成就的、孩子已经眼看要成人的中年人，又有着很重的责任心，前途广阔，他唯一缺的，就是一份激情。这是在家庭中早已消失殆尽的。而另一方面，他一定目睹了周边很多溃堤的事件，生活秩序乱得追悔莫及。所以，这是很重要的方面，甚至是如果不行，要保证的首先是现状，不能因为一个感情，毁了多年的建设，而且，这份感情迟早要消失的，两败俱伤是最蠢的事。

在司朴这一方，也是不会有更深一步的想法的，她只是爱他，在自己的心里留着一份随时能跌宕的感情。

她曾经给他写过一段话，是为了安慰他，也是说给自己听的：

我是特别希望你永远都是一个拥有幸福婚姻和家庭的人，我也永远会爱这样一个心底踏实并极有责任感的男人。男人这样会安静，会安心。有时候想婚姻走过来是很有勇气和定力的一件事，要冲破激情期，冲破烦躁期，冲破很多平凡、很多琐碎、很多困难、很多开心，到今天，都能获得安宁，彼此习惯，没有硬结。不用表演，不用多说，宽容，放松，默契。虽然婚姻必定损失感觉，但婚姻的感觉却是要日积月累才能拥有的。也许有这个基础，自己的激情才可能成为激情。很多东西不能用错对来衡量，我是关注真实的人性。

智慧地想问题，是愉快的开放的事。假设我要和你再来一遍恋爱婚姻的过程，说实话，我肯定胆怯。一个是累，一个是那是要时间的，我不想花费时间添上很多别的过程。我只想关爱你，远远站在你身边，需要时我就来了。这也是责任，我需要你一生在我心中的热烈感，这是你的责任。

这是我唯一的要求。好吗？

这些就是阿易和司朴之间脱俗的方式。

相爱以来，司朴都是愉快和自持的，最近突然的情绪也没有什么具体原因，开始计较一些语言的细节和背后的含义，实际上是司朴在暗地里和目前的胶着状态自然抵制。是不是自己太多虑？自己也想像个简单快乐的孩子，神经粗大，没心没肺，她也讨厌内心灰头灰脸的女人。

所以司朴想明天不见了，害怕自己把短暂的见面时间搞糟了。这样的时候只有一次，在几个月前，有一天那么想念，知道忙，司朴是从来不主动要求见面的，不想打乱阿易的生活和工作秩序。出门，路过一家音像店，进去挑几盘电影。小店在放许巍的《蓝莲花》：

心中那自由的世界
如此的清澈高远
盛开着永不凋零
蓝莲花

许巍的歌的曲调在表达一种不可逃避的生活中接受又清冷的态度，是无与伦比的，并且不辩解不张扬，很内心的自我承认。司朴的心猛然被揪住，疼痛酸楚的感觉涌着，眼睛模糊着看不清眼前的花花绿绿的放碟的架子。这时候正好阿易打电话来，这个电话刚好赶上她的心口波澜。本来也许可以慢慢自我退潮，但一听到他的声音波澜演变成了巨浪，司朴的声音一下子就哽咽了。阿易听出来不对，问：怎么了，没事吧？司朴忍着说：没事，没事。阿易问她在干什么，她说买碟。赶紧匆匆挂了，害怕当众哭起来。

这是司朴第一次失控。她什么也没买，站在路边，沮丧加挫败感，心里像荒野，空空的过着风。就伸手拦车，心里想着去找温小暖。小暖在华丽社区有一套房子，是她那赵建设买来做他们的小窝的。司朴从来没有去过，那俩人的甜蜜生活，自己怎么好意思打扰呢。也就是经常从楼下经过时，打个电话骚扰。

电话又响了，阿易的。阿易说：小朴，我在那个音像店外。他知道自己经常买碟的地方。啊？司朴在出租车里一惊：可是可是，我走了。哦，你刚电话里……我放不下心。那好吧，你办你事情去吧。司朴的心一下子被委屈和感动占据，说：我就在前面下车，我等你。阿易在那边说：好。

阿易开着那辆黑色的奥迪，没有几分钟就过来了。司朴看见车像黑色的大鸟从远处很凶很快地扑飞过来。司朴一边上车一边担心，说：怎么开这么快啊。阿易不说话，眼睛专注地看着前面，右手伸过来抓住司朴的手，然后再没放开，仍旧开得很快。司朴再没说什么，觉得这时候的速度是身体里血液的速度，很合拍很舒适。随便吧，到哪里会怎样随便吧，心里一时间空空的，没有念头。阿易将车开到城南边的一片荒地边，车头冲西。轻轻问她：有什么伤心事？司朴说：说不清，也没什么。让她怎么说呢，说她恼怒于自己还是恼怒于他？都是又都不是。阿易就再没有问，一直拉着她的手。他们那天一直目睹了整个太阳归山的过程，一大片红云。怎么可能说清呢？能说清的都是具体而微的事情，而他们，具体而微和他们没关系，他们处在浩大深情的感情的空间里。这个空间里没有植物，没有碎屑，纯净利落，所以，氧气也不多。司朴说这些吗？那有点奇怪了。

司朴想那片红云是一个提示，温暖而饱满的红云，已经没有了白天的刺目，但含着大地一天的温情。这是我应该采取的态度，所有的，都应该轻盈。为什么不轻盈呢，为什么不能只取用温暖的东西呢？没有见阿易，生活的内容有那么多，自己又不是贫乏的人。这样的话给了自己负担，还给了别人负担，不是吗？这不是自己的初衷。司朴一下子心里轻松起来，开心的感觉起来，就贴过去，亲亲阿易的嘴唇。阿易不笑的样子，唇线坚毅唇角却有几分柔软，司朴每次捕捉，都会心跳。阿易是个神经敏锐的人，他知道有时候沉默能解决问题，他会默默传递他理解的信息，其实大家什么也不必说，什么都会过去。司朴满意这个，她在他面前，找到了自己内心需要的感觉，她觉得在他面前自己很贴切，当然，也觉得自己很美。这很重要，内心和皮肤的美感合二为一，面对给你这样感觉的这个人的时候，是完整而有力的，没有枝杈和虚弱。这很重要，司朴记起初恋的感觉，那个酷似刘德华的男孩儿，曾经给了她很多分裂的感觉，自信和不自信、骄傲和瑟缩交织着。那个初恋是澎湃的，也是相当难受的。这里面有年龄的原因和自己的感觉，相当一部分是对方的方式造成的，所以，男人的级别也是一眼而知的。

只有那次司朴莫名其妙地失措了。再也没有那样。一切都在控制和预想之中，想念和见面，快乐和激情。但是任何东西都有阴阳和长落，在爱情当中，有时候，无序和随机可能是一种期待，要求和任性可能是其间的滋味，但司朴一直太自持了，他们的约会也太有秩序，隐而不发的东西太多，终于会有什么时刻觉得不对劲，情绪就出乱子。就让它顺其自然，但是不能在这时候见到阿易，又不是他的错，挑他语气的毛病，也只是情绪的小乱子，不是真正的原因。真正的原因不在两个人的身上。他们只能这样。他们这样是目前最好的方式。天下没有完美而顾全的方式，只有最适宜的最正确的。那么现在应该是吧。司朴这样认为。

一幅画是有用意的，它的诞生也是取决于内心的微澜，只不过可能比内心更要隐讳，或者用天真的东西来表现伤感的程度。天真是一个亮光，这点亮光后面是掩饰着的伤心。

贰

第二天是个晴天，司朴早晨起来没洗脸没刷牙，只穿了内衣在家下意识转，黄林已经去公司了。司朴在家如果天气允许，不喜欢穿很多，很自在，她觉得和自己的身体互相能够温和相处。睡觉时喜欢裸着，哪怕一丝线挂在身上，会有心理丝微障碍，觉得睡眠不能完全顾全，不太安心。司朴路过床边的梳妆镜，看到自己头发略有点散乱，脸上带着睡眠的幸福，身体修长，褐色花朵的内衣安安静静。就注视了几秒，心里想，如果我是一个男人，我会不会爱上这样的女人？不是最年轻，但残余的清纯气息混同着成熟的芬芳，一个介乎女孩儿和女人之间的女人是好看的。司朴笑自己也太自恋了。她经常不自觉跳出场景，以一个旁观者的身份看自己或者以别人的身份体验假想那人的心态，很习惯这样的方式，不由自主，恍惚着思虑。有时候吓唬自己，这样会不会导致精神分裂。其实自己知道自己并不属于多么美丽的模样，充其量看起来舒适吧。老早就有同学说：你的气质超过了你的长相。这是什么意思呢？有点气质？长相一般？呵呵，司朴在更年轻的时候，曾经有很多年是没有想过什么长相的问题的，那时候也没有思量过自己在人群中是个什么级别，没管过。所以后来陆续见到毕业后的同学，有人提起她的长相什么，原先留给大家的印象什么，司朴都觉得有点跟自己没关系似的。这方面看来自己挺晚熟的，后来才喜欢照镜子，才喜欢研究脸上的细节，才熟悉自己的外貌。

司朴梳妆了一下，也就是洗脸，简单抹点润肤霜，没什么事情不喜欢化妆。这方面经常有朋友说：你五官长得挺标准的，为什么不化妆啊？司朴笑笑，说：我胆大呗。不是有段子说，男人胆大走四方，女人胆大不化妆。大家笑。其实司朴就觉得自己审美挺变态的，不喜欢靓丽的脸，喜欢美人不施粉黛脸色略有憔悴但眼神清亮的那种，粉面佳人大概有点落俗吧。甚至觉得肤色不那么红粉是一种高档。

到书房，画案上铺着宣纸，昨天晚上想画画，结果毛笔拿起来，停顿了半天，也无处开头。昨夜的纸上只有一点小小的墨渍。司朴拿着手机，先发制人，怕阿易打来电话，自己又忍不住答应约会，就发信息：今天暂不见，你忙你的事，好吗？

按发射。拇指使了很大的劲，司朴觉得自己还咬了牙。真是的，笑笑。突然就有了画画的心，拿起毛笔，过水蘸墨，提纳游走，很快画了一幅雨中情景。有女人在大雨的烟后眼神清凉，有伞趺趺撞撞，弥漫在纸上很浓重的湿气。画完了，司朴坐在旁边的单人沙发上，跷起腿，抽一根芙蓉，看着纸上浓墨淡墨之间还在进行的一些微小渗透和变化，觉得平静。女人能干自己喜欢的事情，有自己喜欢的事情是多么重要。

吐一口烟，烟气走到画案上，这是每诞生一幅画要进行的人间烟火的熏陶，哈。司朴只抽男式烟，并且抽得不多，反倒是和阿易在一起时，基本要抽一根，靠在一起，心里很安宁，也不想什么。那根烟像一个伙伴，不说话的，友爱的。

抽完烟，将半干的画用小吸铁石固定在画案右侧墙上的一大块亮亮的薄铁板上，站远一点看了看：画中的女人夸张的长睫毛，带着一点无所谓的伤感的脸庞，穿着一件黄色的衣衫，伞扔向一旁，有一只鸟拼命地潮湿地寻找着干燥的窝。雨下着，司朴看看窗外，阳光很足，画这样一幅画，表达出态度不明显的态度，司朴还不能想清楚自己的用意。一幅画是有用意的，它的诞生也是取决于内心的微澜，只不过可能比内心更要隐讳，或者用天真的东西来表现伤感的程度。天真是一个亮光，这点亮光后面是掩饰着的伤心，司朴觉得是这样。她原先是学习花鸟画的，临摹、变化，总觉得没有进入血液。画面很美，但那是一种现实的版本，她需要一种击打内心的感觉，觉得那才是艺术对生活的作用。于是，后来，画面大变，笔力松懈自由，甚至有明显的缺憾和漏洞，但情节勃发，意味浓厚。再没有一样或相似的烦恼折磨着。唯美的花鸟画还画，大部分人需要的是这个。自己真正想画的，只是用来参展和自娱，数量也并不是太多。冲动的存在也不是立等可取的。饱满的情绪不适宜作画，总是要有一种过后的冷眼，淡漠的伤心，才能缓缓氤氲出那个参照。司朴对于自己这两天的情绪有一种无奈的不可控制，又有一种豁出去的无赖感。这是人用劲过猛的后遗症，是用劲过猛了，完美主义的迫害。好像急需做一个什么样的坏人，多么爽快，敢于坏敢于承认。自己，还是不行。

阿易大约在快中午时打电话：怎么，有事？

嗯。

好，那你就好好休息，下周再见吧。

一般他们周末不会见面，这是属于家庭的时间。挂了电话，司朴心有点茫然，但觉得轻松。阿易大概也是轻松的。看来情感的翅膀永远振翅是不可能的，会把人扇晕，扇麻木，扇过了劲，从善飞的鸟类，变成发愣的机械翅膀。适时休憩，不飞不叫，再一个黎明，又恢复了灵动的功能，还有新鲜的露珠，又是有爱的一天吧。总之，随着年龄，有些东西是不能细想的，细想基本属于误己误人，还是顺其自然吧，不管愉快的还是不愉快的，随心意的还是不随心意的，都有真相。

这样的感觉晃一下，司朴想想，心里清澈很多。不需要认真研究，也不需要说透，两个人点到辄止。各自离去，等待聚首。手里拿着电话，从挂掉的茫然开始，就紧紧地抓着，这时候才意识到，将电话放在桌子上。还是猜测了阿易的心情：他是怎样的呢，他有失落吗？不知道。他的声音听起来那么稳定而冷静。有没有就这样吧，反正是这样了。

黄昏的时候，去一家有大大平台的餐厅吃饭，温小暖还有王玫。有点微风，夏季在这两天显出微弱的凉爽。司朴先到，靠在宽宽厚厚的木椅上，这个平台在五六层楼的高度，有低低的漂亮的绿色植物隔在每个区域之间，有高挑的木架的落地灯伸在桌子上面。古城下面的这条街显得新鲜。角度很重要，高低也很重要。视觉就变了，触动就有了。平时从马路上过，不知过了多少次，也就是一条很熟识的路。今天在高处并且是一个开放的平台上，看下面的马路和周围的建筑，好像很不一样，平常的马路清晰地显现出脉络，两边的树木、依次的建筑、方块红砖的人行道，身边吹着一样的风，好像抽身在外，看见马路上那么多车和人，倏忽地流淌而过。生活，想起这个浩大的词语，是啊，这么多人的生活，都隐匿在这些情景和人影的背后，都裹挟在这大河一样的流淌中，谁是谁的主角呢，谁又是谁的未来。抽身在外，就发现没有谁是高于谁的，都要全面负责自己的一切，都有着悲观的外衣，因为我们终将消失，这条路上会有很多人老去，很多孩子长大，很多物品在更换，也许只有树木稍微守得住时间，看起来青色常驻。

阿易发来一条信息：好吗？周末愉快。司朴靠在平台的围栏上，发过去：好。周末平静。

司朴突然很愉快，这愉快里带有一点很舒适的忧伤，就像美味的汤里漂着几丝红艳的辣椒丝，好看，刺激味蕾。有这些时刻就行了，司朴觉得自己更趋向于时刻，而不是长久的什么拥有，长久的拥有应该只是理想的说辞，生活的洪流前行，蜿蜒动荡，景物变换，只有自己，时时关照着，其余，都难以存留。司朴心里笑着自己这几天的幼稚，翻江倒海似的，但好像只是为了一点小感觉，其实司朴觉得，这里面的原因，是因为两个人，他们的局面，也许过了风景诱人的阶段，来到一处狭小的谷地。

看见那两个女友推开玻璃门，走上平台，司朴笑笑，招招手。王玫刚从成都回来，也有一阵没见了。

大家看来都精心装扮。现在女人之间见面才更有激情打扮，很有意思，也不是为了比拼，好像真是为了彼此悦目，为了能够展示自己的好状态。然后互相仔细观察研究，提建议，表示赞赏，很好，比男人的鼓舞更加开心。

女人之间的友谊，到了三十多岁时突然显出了重要性，经过这么多年的锤炼和过滤，还能够在一起的就是真金了，无话不谈。这很重要，大家都发现，面对丈夫或者男朋友，再坦诚也不是全部，而面对女友，真是全部开放的，开心、难过，甚至未来的憧憬，真话假话疯话，都可以。大家之间慢慢变成了一种依赖和亲密，一段时间不见，好像丢了什么，自己的生活再好，似乎也是没有地方印证的。聚到一起，往外哗哗地倒一通，好了，格式化了，清清爽爽走人。而且，女人之间的秘密就像一座花园，繁复诡异。混同同情、担忧、羡慕、高兴，还有嫉妒、比较和鼓励，很多很多，只是在一个大的友爱的框架中，这一切都合理，这一切才是味道。而且真正关系好的女朋友之间是有侠义之心的，能够在男人到来之前，把一切秘密抹平，一同以天真无邪的表情示人。

这种友谊对于支撑女人的生活是至关重要的，大家互相安慰互相支持，在对方那里找答案，力求生活越来越好，越来越刀枪不入。说实话，不管你的出发点是什么，男人，能给予的，真的是有局限，这种局限在于，男女太没有可比性，是完全难以互相切实明白的物种，所以，男女，是用来爱的，不是用来理解的。爱是致命的，有致命的幸福，就会有致命的不足，这是双面性。女人之间，可以弥补理解的不足。在一起肆无忌惮地说话，也许颠三倒四，前后矛盾，忽冷忽热，但总归是出于整理和疏泄的过程。你和男人在一起，可以吗？大部分的类似的话是绝不可能说出口的，如果男女之间真实地听见背后在同性面前的真实语言，估计都会大跌眼镜。

怎么样啊？司朴看着王玫，问。王玫新剪了头发，短短的有点微微的卷曲，挑染了几缕棕红，挺时尚的。王玫的眼睛很好看，不是太大，但习惯性地爱眯一下，眼神里有飞的光，很特别。问的时候，这光又闪了一下。王玫眯了眼笑笑：还好还好。

他什么时候过来啊？老是你跑？温小暖哼着。

我不是喜欢成都嘛。在那里见面，我觉得自由，从一上飞机就开始高兴。要是他来，我可能状态不对，怎么样都要想着回家啊，去单位啊。家在旁边，熟人在旁边，放不开吧。

去了一周吧，司朴说。司朴心里突然幻觉着和阿易出行的情景。如果他们一起去外地，是怎样的情况呢？没有过，也没有计划过。阿易是一个理智大于激情的人，也许他的激情很暴，但也是在他的良好控制之内。首先要确定安全，生活秩序是不能打乱的，而且，大家都明白家庭的稳定是重要的，那是一个基石。虽然以他们之间的共识，都没有把彼此的家庭当作障碍，或者以不敬的态度来讨论。那样有什么意义呢？司朴没有想着要和阿易有结婚的结果。而且，她是真的尊重他的生活，认可他对家庭的责任。司朴试图想过，阿易的妻子，这样一个意象。想的时候，确认自己确实没有一点点不适。周围的故事看得多了，司朴知道，通常是不是应该有嫉妒、排斥等等，真是没有，而且，也没有内疚、抱歉，或者什么。想起这个妻子的意象时，司朴觉得那就是一团无色无味的白色空气。和整个事情没有关系。没有所谓伤害，没有所谓争执。司朴对于黄林，也是心里明澈。

这可能有点奇怪，司朴有时候想自己是不是有点不正常了。周围朋友的故事沸沸扬扬，女人的争斗和嫉妒是合理的，男人的掩饰和忙乱是有目共睹的。但司朴就是这样的人，她羡慕也罢，鄙夷也罢，自己就是这样，不管是否有委屈，她还是比较自信并享受自己的认知。

如果没有这样的认知，恐怕和阿易之间，还仍旧是聊天吃饭的朋友。但还是需要方式的，虽然在他们之间，各自的家庭生活都不浮现，互相之间很少提及。司朴认为知道的具体东西越少越好。毕竟，他们是走到了性爱这一步，性爱的时间，是需要心无旁骛的。

但是每次的见面和安排是有一个前提的，第一：都有时间都有想念；第二：和家庭的安排不冲突，并保证是一段安全的时间。这就是一个代价。所以一起去外地，大概是不会计划的，虽然都想着那样的自由，从形式上，可以一起在街上走啊，司朴可以依着他的胳膊，可以拉手，可以有一个真正像谈恋爱的状态，吃小吃看电影买喜欢的东西。这些对于他们是几乎没有的，当然对于现在的年龄，有没有这些也无所谓，只是对于那样的感觉还是有所憧憬吧。可以在一张温暖的床上一起睡到天光。夜半蒙胧醒来的时候，可以缱绻地搂着。司朴想着，是啊，这些谁没有经历过？和自己的爱人都是这样走过来的。可是，没有和阿易这样过，这就有点遗憾。可是，想有，就是因为它不容易有，就是有了，也是稀少的，所以显出向往。人啊，就是重复着再明白不过的简单的道理。

司朴就是在脑子里晃晃，也觉得不是非可。挺好的，只要心里有那些时刻，就是得到了。爱情，说到底，就是一种感觉，感觉有了，具体的事情就是在印证而已。前提有了，印证就是形式的不同而已，多少又怎样呢？对于这样的感情状态，司朴觉得没有俗常的要求。周末，司朴和眼前这两个女友，轻松快乐，那边，在做什么呢？一个平静但暗潮涌动的周末。很好。很满意。

去了五天吧。他有个案子在绵阳，我一直陪他工作来着。王玫说。

公私兼顾，两不误。温小暖嘻嘻笑。这家伙总是搅局的人，好好的事情都要叫她说到汗颜上去。怎么样啊？现在又想念了吧。哎，累不？

司朴笑着。看王玫带着笑意的眼睛里又有一道飞的光芒，看来是很享受的。爱情对于女人，是无可置疑的美容宝典，这是在来临的时候，如果失去了，那又是一场摧毁，花容尽失。看来得不偿失，为什么就挡不住前仆后继呢？

饭后她们去城里最好的水疗中心洗浴。“珍爱年华”，名字很纯，也夺人。几个女人赤身相见，这时候才更是轻松快乐的时候，研究身体的变化，讨论一切可以讨论的事情。很奇怪，真正关系好的女朋友之间是可以坦诚地赤身相对的，没有忌讳，没有障碍，没有在男人面前的骄傲或不自信，这种感觉很友爱。近年有广告开始展现女人之间的贴近安慰，其实是纯真的，有一点暧昧，但这暧昧是温暖的。男人是女人不可缺少的角色，但最终的安慰是来自女人，两性之间谁又能真正了解和贴心呢，完全不同。在男人面前，身体是重要的角色，关涉吸引和诱惑，而在女人彼此之间，身体就是身体，关心的是健康和自在。

泡在浅浅绿色的香氛的药疗池中，面前的电视屏幕上正在播一个情感电视剧。司朴看过一点，拍得挺好的，平实琐碎。但生活就是那模样。虽然司朴的内心和这些有距离，她的生活方式也和这些有着一点距离，但她觉得很合理，很理解。

三个人坐在水底的小台上，水在胸前一荡一荡的，水温微热。池子边的小牌子上写着：当归、薏米、红花、川穹、香熏草，调理睡眠，保养皮肤。

其实也没那么玄，这东西就是心情，觉得很关爱自己，很宠爱自己。温热的水环绕着身体，很放松，很舒适。就慢慢被水汽浸渍了，开始有一句没一句，恍惚开来。

水在身体的每一个部分漾着，司朴突然升起一点欲望，悸动缓慢蔓延爬行，从水底升到心口。阿易，想他了。在一起的情景模模糊糊晃着。阿易总是没有声音，但司朴能听见他心里的水声，像现在眼前的水，漾动的声音需要捕捉。他总是关照她，陶醉于她的声音，然后一本正经说：看来今天不错。

司朴不自禁地微笑着，突然清醒过来。发现那两位并没有注意她，她肯定脸上刚带着情色的光芒，嘻。其实司朴最迷醉的是悄悄看着阿易的侧影，他是有着清朗之气的，唇边的线条冷静毅然，司朴靠着他，离得很近，他脸颊的温度轻轻烘烤着她，每次，他的思维似乎在又似乎不在。司朴也不说话，每次，她都感觉到绝望。这是一个很俗的情绪，但真是这样，就只有这个词。绝望的，无以言传。不知道绝望什么，在美好的感受之后就是绝望，其实也许，是知道再美好的都是短暂的，都有消逝的一天。这是一种失重的感觉，心里都是劲，但没办法用力，只有飘荡，荡得失去现实感，很飘。对于这种绝望，其实，怎么说呢？像一个真理，必须接受，所以难过的心情显得很冷静很明了。

几个人坐在桑拿房里时，蒸气缭绕，热度渗到骨头里。温小暖突然说：赵建设他老婆好像知道了。司朴和王玫停下在脸上抹面膜的动作，都齐齐看着她。温小暖说：最近一周也没怎么见，他老婆看了他的手机信息，一大堆，他都没删！

有严重的吗？王玫问。当然，最严重的都有。而且也知道了我的单位，建设说担心来找我。不过，我想了，找就找呗，已经这样了。我就奇怪，建设怎么什么都承认了，而且保证说以后不来往。看来他还是怕老婆嘛！

王玫接话：也不是，关键不承认也不行吧，你那些信息就在那儿摆着。不承认的话，估计暂时没完。那他为什么保证说以后绝对不来往了？小暖气汹汹的。哎呀，他不说，难道你们都要离婚，然后你俩结婚？王玫说，本来就没有这个目的嘛，那就要安定团结嘛。温小暖说：也是，真要跟他生活在一起，也就那么回事了，孩子问题都会烦死人。

小暖的先生李志峰是个很沉默的好人，对他们的孩子是呵护备至，把家里也弄得干干净净。小暖是什么都不操心，老公是不错，唯一就是缺少情趣，钱也挣得不多。但小暖知道，过日子，这就不错了。也没想着分手，虽然当初有那么一点动意。现在和赵建设几年下来，也慢慢看出一点另一种朝夕相处的影子，和日子开始接了轨，人也就不想拼命有个什么结局了。现在挺好，他还宝贝她，钱也非常宽裕地供她，因为不是天天见吧，总能有歇的时候，歇一歇，想念的心就来了，见了还很甜蜜。真是夫妻了，那就是另外一种味道了。没钱有没钱的烦恼，有了钱还会有新的烦恼，是没有完美状态的，开始过日子，日子就会把人磨损成一样的。他有孩子，她也有孩子，孩子怎么办？才不愿管这些。

但我就是不高兴！他还是向着他老婆，让她来找我！她要敢来找我，那就扯开！司朴脑海里立刻显现出两个女人绿着脸红着眼睛的模样，不禁笑出声，用手在脸上摩挲着，滑滑的，就像抓不住的感情。小暖瞪过去一眼：还笑！赵建设说，如果她真来找我，让我什么也别说。哼，她舒服了，牺牲我的委屈！王玫也笑开了：哈哈，你本来就是现实中的获利者嘛，还委屈！老婆是人家老婆，你是你。司朴说：就是，你的角色是优势的角色，所以你猖狂。

小暖笑着把一条小白毛巾扔过去，司朴又扔了回来，没扔好，掉到炭火盆的旁边地上。“噗”的一声，大家的视线都“噗”的被闪一下，一秒钟沉默，一秒钟过了很多心酸，心酸被蒸气蒸得软软的，都拎不起来了。

囍
囍
陈年
庚寅 玉春

王玫想，这也是一种爱，但不是爱情，爱情是有刃的。她和孙光之间，不会流血。

叁

成都的夏天有点潮热，正适合湿津津的情人。王玫搂着史帅，两个人的汗水在肌肤间嗞嗞地叫嚣，又快乐地融合。高潮如同瀑布在纵然跃下之后缓缓而宽阔地流动，美景都扑面而来。身心全面而巨大的满足让王玫心爱着怀抱里这个英俊的男人，这个让她从十五岁就没有停止爱的男人。王玫还清晰地记得初中三年级时，她骑自行车回家，头上是中国槐，夏季。那时候，树上有时候掉下绿绿的虫子，王玫下意识地躲着，自行车骑得歪歪扭扭。树下枝叶的影子很美，从小就很沉迷于树叶间漏下的阳光的影子。一种虫子带来的微微恐惧和光影的美感交织在一起，内心酸酸的抖抖的，一直记得那天是这样一个模糊的心理背景。一直记得。然后史帅就挡住了她，跨骑在自行车上的姿势挺帅的。王玫肤色白，爱脸红。那时候肯定脸红了。怎么？你在这儿。我在这儿等你。史帅很沉稳，但往往令对方一下子就稳不住了。他就是这样的人，学校里的很多人都背后议论他，他是中学里的明星。学生会主席，口才文采都很厉害，好像不像别的学生都是很单纯地生活在学校中，而他似乎和大学、社会都有一定的联系，经常有人说起他在邻近的大学活动，而且有文章发表在大学的校刊上。王玫低他两级，刚刚加入学生会当一个小干事。对于他们的主席，王玫觉得挺崇拜的，看了他发表的一篇文章，都没怎么看懂。也看过他参加的一次辩论会，他引经据典的步步紧逼的辩论语言，让同学们咂舌，觉得他懂得真多。他那么突出，又锋芒毕露。王玫虽然外表也是活活泼泼的人，但心里还是有着挺自我的一种不显露的东西，柔软脆弱。所以悄悄关注着他们的主席，在他的光芒下总觉得不能自然地抬起眼睛。

等我呢，主席有什么吩咐？王玫扬了扬头，眼睛一定又眯了一下，夹住一星阳光。史帅说就是被她的眼神给迷住的，说，像个纯洁的小女妖。史帅没说什么，讳莫如深地笑笑，说：陪你回家。

那一瞬，王玫知道故事开始了。陪你回家。四个字沉稳又霸道，像一个温柔的通道，从他的咽喉通道发出来，还继续延伸着。王玫有点头晕。故事开始了，可是她却没有想到，这个故事会这么长，而且，占据了她内心所有的喜忧和历史，现在还加上未来。将近二十年过去了，他们才真正相爱相惜，才开始不再周旋和伤害。这么长的时间是怎么过去的？这么长的时间总是有一个人严重影响着自己的选择和道路，时间好像过得也和别人一样快，只是锋利一些，时不时割伤自己。

王玫看着怀里似乎睡着的男人，他如今也变了，变得没那么锋利，变得让人觉得踏实，再不做所谓高远的有抱负的行为，将律师的职业认认真真做得风生水起。很好，王玫觉得，那时候，他写的诗，让人读了要哭又哭不出来，憋着，很痛苦。现在知道，那不是生活的模样，那样太飘。后来他很有政治方向，但一再失望，大学里学了国际政治，觉得一无所用，后来才真正开始转到他的第二学历法律上。主持正义和挣钱生活。

史帅睁开眼睛：嗯，怎么了？来，咱们睡一会儿啊，一会儿出去吃饭。就将头枕上来，搂住王玫，嘴巴在头发上亲了一下。王玫就缩在他怀里，闭上眼睛。心里暖洋洋的平静，觉得这就是她的男人，从内心到皮肤都是舒适的。身体沉下去，床稳稳地包住自己。除过眼睛在使着一点力气睁着，浑身都不想使劲。皮肤的感觉是一个重要的指标，王玫的经验是，皮肤是最直接的爱的说明，这是一个化学指标，或者是一个唯物的指标。有的男人你感觉不错，似乎是要喜欢他了，但刚有一点皮肤的接触，比如牵了手，立刻就浑身难受，皮肤之间似乎隔着什么，硬糙硬糙的。那这个人就不是你的真命天子。皮肤的感觉甚至比他的思想和其余还重要。如果人对了，你会想钻到他的皮肤里去，你挨着他，特别温暖和贴切，但又似乎永远不真切。你就想永远挨着来不断证明。

一会儿史帅轻轻打开小呼噜，王玫睡不着。轻轻拿开史帅的胳膊，悄悄滑下床。披上睡衣，轻轻下楼。木质的楼梯转了一个小弯，下面是客厅。这是史帅前不久才装修好的房子，这次来就是让王玫过过目。王玫坐在深蓝色的大沙发上，靠垫是暗红的，这种搭配王玫喜欢，就是看着有点浓烈，这种浓烈让王玫觉得享受又隐隐不安。王玫搂着大大的暖暖的红垫子，不安什么？问自己。是啊，安然的感觉仅仅是才降临到他们之间，也许不安一直是他们的气氛，适应这种安然的感觉也是带来不安的原因吧。管它，现在我在这里，我爱了快二十年的男人睡在楼上，这是他为我们准备的房子。我担忧的还不够吗？我担忧了那么多年，不管它，别把眼前的拥有担忧掉了，王玫下决心似的，狠狠地往沙发上靠了靠，狠狠地搂了搂红色的垫子，环顾四周。史帅是很有审美的人，王玫有点大大咧咧，本来装修想让她过来参谋，后来干脆史帅一个人包了。王玫说：你弄你弄，怎么样我都喜欢。就是要一个最大的床。结果就有了现在上面这个两米五乘两米二的大床。刚看见，就高兴地蹦了上去，陷在中间，王玫还哭了一会儿。

这是一个幸福的地方，但是，王玫心中还有不轻松的事情。这里，是属于他们的，史帅这么说，但是，王玫的感觉，心里有一片阴影。她，必须回去，她还有个丈夫。是啊，何尝不想来亲自收拾他们的地方呢？只是她还有个家庭，她怎么能擅自走掉一段不短的时间呢，在没有交代好以前？这是让王玫更加不安的事情。

王玫那天和司朴她们在桑拿室里温温地蒸着时，成都的一切都清晰地在眼前浮着，和蒸汽一样飘升。回来了，电话中，史帅安慰她，说：没事，不管怎么样，离不离得了，我都是你的了。永远不走了。千万要处理好一切。你不在的时候，我忙得很，你也不用担心我啊。王玫走的时候，表现得很欢快，她想了，既然在一起，就要高兴。相聚的日子不要浪费在伤感上。回来后，反应不上来，走路脚有点软，周围景物有点恍惚，好像这个城市反倒成了陌生的地方。

这不是陌生的地方，王玫的初恋算是史帅了，虽然在此之前有个戴眼镜的男生，给王玫画画，还送她朦胧诗集，诗集扉页写着爱意。俩人很认真地喜欢，但发现都有点做作，似乎是青春期商量好不能空白一样。结果在一个冬季一起去这个城市刚刚修好的电视塔，男孩儿穿的是军大衣，王玫还记得。那天记得是拉了一次手，离得很近，王玫突然看见眼镜片后面闪着怪怪的一道眼神，就挣脱手，跑了。跑了，就跑了，故事结束，连青涩都算不上。

初吻是给史帅了。夏季的植物园。认识后的第二年，史帅高考完的那个夏季。

那个夏季挺热的，王玫记得自己有一件新裙子，淡绿色的，有深绿的圆点，在那个年月，是很突出的时装，父亲在上海给自己买的。在植物园，史帅牵着她的手，说：我的姑娘真美。他总是那样的姿态，很绅士很成熟。王玫还是爱说爱笑的样子，美吧，比这里的花美吧？史帅笑笑，说：花在哪儿啊？我就看见我的花了，说完手臂提上来，紧紧揽住王玫的肩膀。王玫个头不低，但头也刚到史帅的肩膀，她靠着，很晕。她走在史帅的右侧，脚步不清醒，迷迷糊糊的。这些细节王玫一直记得。直到黄昏来了，史帅压过来的嘴唇，王玫都是迷迷糊糊的。这是初吻，心里是巨大的空白，只记得史帅的嘴巴柔软，王玫根本不能动，什么都不会动，嘴巴都变硬了，初吻就像是不会吃东西了。但后来回忆起来，感觉史帅很镇定很从容，他试图引导，他的嘴唇轻轻辗转，但王玫太紧张了，觉得两腮都是硬的。后来史帅搂着她，两个人就静静地站了很久，嘴巴轻轻挨着。王玫觉得这个怀抱太温暖了，差点想睡。史帅最后还拍拍她，说：没事啊。居然看出并安慰了她的慌乱。她的脸红透了，虽然天色暗了，史帅说：这个苹果我想吃。

后来王玫想，他怎么那么熟练呢？又想他人就是那样子，什么都在控制之内似的，天生气度就不凡。王玫最终也不知道他在她之前有没有接过吻，她问过，他没有回答。后来的事件，远不是这么一件小事了。让王玫不停地忧伤的事件如果只是初吻的事情那就好了。

和史帅真正不计前嫌互相拥有，是一年前的事情。史帅结束了他名存实亡的婚姻。妻子结婚不久就远赴美国，史帅动过去的念头，只不过觉得没有很大的吸引力，妻子居然不是最大的吸引力，对于男人来说，事业的发展是最大的吧。妻子是热情欢腾的女人，向往外面的世界大于对自己的依恋。后来史帅想，自己到这个年龄是需要稳定感，不是职业的稳定，是心底的一种稳定，自己漂亮非常也张扬非常的老婆给他的刺激已经过去，稳定感迟迟上不来，她也是一种非正常生活状态的制造者。放开她，让她去吧。很快，她就有了蓝眼睛的新欢。还有，史帅心里的一点刺痛还没有消除，如果一辈子都这样了，就一辈子消除不了。史帅想自己这些年有点幼稚了，一个男人，自己喜欢很多人，却不能忍受她喜欢别人。

这个刺痛就是王玫。王玫的身影一直在他的心里消失不掉，她眼睛里飞起的那道光芒一直都存在着。在越冷漠的日子里，在两个人很久都不见的日子里，那道光芒变得刺目，让史帅无法忍受，眼睛要流泪。还好，这一切都过去了，两个人都成熟起来，各自经历了很多，互相理解和冰释了以往，终于，稳定感来了。史帅对王玫说：这就是时间，时间没有到，就要惩罚我们两个，时间没到，两个人不会很好地在一起。现在刚好，我们开始珍惜。那么这么久的时间干什么了呢？男人因为本性阅遍美人，最终发现喜欢那么多，却始终最爱一个人；女人因为伤心转而接受别人，最终发现对谁也没有办法真正接受，只有原谅和理解，再来接受那个被原谅和理解的人。因为，再恨他，还是一直爱着。

好了。王玫很感谢岁月给予人的理解力，年龄是个积累，有了积累，很多事情就轻松了，态度上也大相径庭。她和史帅是轻松了，但是，她怎样来告诉孙光呢？从成都回来那天，孙光来接她，本来王玫想一个人从机场回来，可以平静一下。孙光坚持来，王玫也不好说什么。在出口，孙光提过她的箱子，两个人向停车场走去。王玫穿着一件小花的连衣裙，在成都，史帅买给她的。孙光是个有点粗线条的人，他从不注意这些诸如衣服啊鞋子什么。王玫当初就是看上孙光的粗线条，她厌倦了细腻的互相折磨。而且，孙光长得很精神，男人的那种。王玫想获取的，就是轻松和安全。一个男人全心呵护着自己，自己也愿意自此安静生活，心里的那些，永远放在心里吧。当初就是这样的心情。

结婚已经三年了。认识孙光有七年时间。前四年因为史帅的原因，虽然他们没有联系，但同学之间一直有或隐或现的消息传递过来。三年半前，听说史帅结婚了，半年后，王玫嫁给了孙光。

这次从成都回来，司朴还悄悄问王玫：回来，怎么样啊？

该谈谈了吧。是啊，王玫说，找不着开口谈的时机，最近孙光正在竞聘副行长，竞争的人多，虽然他很占上风，很有成功的把握，但这时候我说不出口。也是，要不然过了这段时间。反正，史帅是你的了，他那些年害得你颠三倒四的，让他好好等等。王玫嘴上回答：就是。我这些年的轨迹全因了他了。

前几年有个很好的工作机会，要派她去成都开拓，因为那个城市，有隐痛，她居然都放弃了。哎，王玫对两个好友说：女人，为什么始终摆脱不了男人的影响？他们，为什么就能把自己的需求放在第一位呢？司朴那天也说：没办法啊，这就是天性，不然世界太冷静了，没有失衡，也就没有平衡了。我们尽量吧，把失衡的经验好好总结，争取活得自己满意吧。

王玫想，自己满意吗？心底反应的第一感觉是满意的，她终于和她的爱在一起了，十几年了，太不容易了，终于能日出云开。但必须要负另一个人了，一个没有什么可指责的人，一个对她很好的人，王玫对他，也应该是一种爱吧，但这和史帅不同，史帅深入了她的骨髓。孙光，自己是依赖和感动的成分更多。把这些明白地给孙光摊开，给一个良好的男人爱她的男人一记重创，会怎么样？这在王玫的经验中难以承受。但长痛不如短痛，必须要面对。她的满意中有一点沉重，背景忽忽悠悠地又过了很多痛楚的往事，虽然都是往事了，王玫也不再拘泥，她决定要不提，因为忘记是不可能的。但这让她和史帅的重逢变得很辛苦，大家都背负着很厚的壳。不管怎样，王玫决定了，要一点一点砸掉这些壳子，开始自己的幸福生活。

回来后，和史帅打电话，说：可能你还要等我，最近有不方便的情况，我还不能解决。史帅在那边说：玫儿，没关系的，就是你十年解决不了，我一直都是你的，我不敢走了。我给咱们挣钱，回头接你来，我们就马上要一个孩子。王玫鼻子立刻酸了，在电话里哽咽。史帅说：别哭别哭，就是嘛，你才是我孩子的妈妈。王玫就哭得更厉害了。想起史帅大一的时候，写信来，说同学们在一起谈理想，史帅说他最想结婚，因为有个女孩儿，他觉得可以给她的孩子当妈妈。那时候，王玫笑死了，写了回信，说想得美啊。结果史帅在大学里很快成了引人瞩目的人，故事在距离和猜测中就开始复杂了。妈妈的话题绕了这么大的一个圈子，又绕回来了。

现在的史帅真是变得很宽厚，没有那么咄咄逼人的气势了，那时候，是有锋芒的。史帅电话里说：成都很近，我哪天就来看你，请你午饭。别哭了，玫最爱笑了，我那时候最喜欢看你笑，眼睛能杀人！

嘻。王玫心想，你不知道我偷偷哭过多少次。好吧，不哭了，你下次过来，要带我意想不到的礼物，要让我大大吃惊，要不然，哼。哼，史帅在那边学她，他学人的声音还是那么稳重，这些气息一直没变，很多年了，听见这声音，王玫仍旧心跳不已。她想，我该满意了，风风雨雨都是我们必经的，惩罚我们的年轻和负气，现在，岁月还回来了。爱你，电话里王玫说。这句话，从心眼里喷薄而出，这句话，从来没有对孙光说过，孙光也从未提出异议。她总是说：我需要你，别离开我。在那些脆弱的日子里。王玫想这也是一种爱，但不是爱情，爱情是有刃的。她和孙光之间，不会流血。

那天的慢慢回家的镜头成了司朴脑海中一个经常能泛起的气氛,这决定了他们之间的故事情节,一切都在缓慢中爬升,缓慢地,非常缓慢地聚集热量,足以黏合两个人的时候,才终于产生了飞跃的契机。

肆

那么，司朴说着要让我们自己满意，她觉得有多少满意呢？她的满意是一种心情，不想结果，不想长短，只是跟着自己的感觉向前。和阿易是在一次画展上认识的，阿易是后来司朴对他的称呼，他名字的最后一个字是易，司朴喜欢这么叫他，阿易阿易。

司朴的朋友蔡中华介绍阿易给她，说一定要带阿易看看画展，因为司朴是圈内人，比较熟悉情况。蔡中华说阿易喜欢书画，生意又大，是个雅皮。司朴为表示礼貌，就和阿易一起沿着展厅边走边看。是几个市里已颇有名气的女画家作品联展。风格不同，但都显露着或浓或淡的女性主义的色彩。司朴说的时候还强调了一下，说是女性主义，不是女权主义。这两者之间的差别是本质的。阿易当时微微笑了笑，很特意地看了司朴两眼。司朴余光捕捉到了，突然有点脸红。她注意到这个雅皮上上下下干净整洁，一丝不苟的，人很精神，并不是帅哥，但是在人群里比较醒目的那种人，是一种架势，一种能够无形压迫别人的那种架势，当然是压迫别的男人，对于女人，应该是一种很强的吸引力。司朴只是悄悄观察了一下，没有过多地看他。一个朋友的朋友而已嘛，司朴是一个慢热的人，并且不太主动和人拉扯。阿易问司朴：你是画哪样的画呢？司朴说：我的画有点独，不主流，我等待情绪才有画，一张一张差别有点大。结果阿易说：挺好，是个理想主义者。理想主义者有点虚头巴脑的，司朴开玩笑。阿易没说话，笑笑。后来因为女性主题的画，还聊了一会儿女人的话题，说到女强人什么，阿易说：我不喜欢女强人。司朴很快接了一句：男强人都不喜欢女强人。说完司朴觉得有点不合适，就笑笑，阿易也笑笑。那是秋天快结束的时候，站在美术馆的门口，看见门口的树又飘落了几片叶子。蔡中华后来从人群里跑过来：谢谢啦，回头让阿易给你赞助一下，也搞个画展嘛。好啊，司朴应酬着。

司朴扎在朋友堆里聊天，再也没有想到刚刚这个雅皮。司朴倒觉得这个名称不适合他，她一眼看出他是有着正气根子的人，没有一贯商场上的油腐之气，但也没有细微处的颓劲。司朴喜欢那种颓的劲儿。那天，后来阿易告诉她是11月17日。天气，晴朗。然后后来又告诉她，12月16日，是第二次见面。看来阿易是留意了的，虽然他说是因为那两天都有其余的重要事情可以辅助记忆。

第二次见面是蔡中华请吃饭，席间阿易也在座。蔡中华是个很热闹的人，喜欢和各界人士交往，如鱼得水似的，虽然

有点闹，但司朴是不反对的，她总是很崇敬这样的人，觉得对她来说，太伤脑筋了，他怎么就可以如此乐此不疲的。一桌大杂烩般，司朴和阿易很礼貌地打招呼，两个人分别坐在大圆桌的对角，很远，中间阿易在几轮混乱的敬酒之后，远远地端起酒杯示意司朴，说：敬你啊。司朴发现阿易在人群中是另外的样子，非常有局面的控制力，酒量也好，喝酒的同时说着滴水不漏又咄咄逼人的敬酒词。大家是越喝越热闹了，气氛有点晕晕的，他却坐在那儿，脸有点微红，仍旧纹丝不乱。

后来报了路线，真的是顺路，阿易说：那送送你。司朴说：好啊。那是第一次坐在那辆干干净净的奥迪里。回家的一条主要的马路两边是很宽厚的法桐。秋末，叶子落得非常有局面了，车过去，就会卷起，沿着车的飞驰回旋几圈，然后落下。路灯亮着，又不是非常明亮，很美的电影镜头一般。阿易开得非常慢，沿着慢车道，时速有二十码的样子，大家也没说什么。司朴想可能这个老总平时不太开车，技术比较生疏，慢点就慢点吧，安全就好。

结果这个太过慢的速度，窗外的灯影以及车里放着的轻音乐，一切显得怪兮兮的，有点笨笨的，司朴觉得。但也不知说什么。后来，阿易说：有时间的话，大家玩的时候叫你吧。好啊，司朴回答。阿易又问：你喜欢玩什么？司朴说：也没什么特别喜好，最多的就是出门旅行吧。那你去过很多地方了？司朴说：荒的地方多。大城市的现代和方便我也喜欢，很荒的地方我也喜欢。那好嘛，我看现在很多年轻的人都参加越野俱乐部什么，组织自驾车啊、徒步什么的。哦，我不参加，我一般就是和先生或者好朋友去，我不喜欢旅行中要招呼新朋友，注意力分散。阿易笑笑。到路口了，司朴说：就这里吧，别拐进去了，你一会儿还得出来。安全吗？安全。你确认？确认啊。司朴觉得这个确认很好玩，阿易也很自持的样子。司朴下车的时候说：谢谢啦。回头摇手的时候，阿易微微侧过来头，挺严肃的样子。司朴后来喜欢回忆这些细节。想在这些细节中找寻一些存在的苗头或者提示，但因为当初，她确实是没有什么别的心的，阿易也说：就是觉得你很舒适。司朴问过阿易：你那天为什么开那么慢啊？阿易说：平时是司机开，我不会开车，那几天才开始练。司朴说：去吧，你承认一下嘛，就说想跟我多待一会儿嘛。就是就是，我承认。

那天的慢慢回家的镜头成了司朴脑海中一个经常能泛起的气氛，这决定了他们之间的故事情节，一切都在缓慢中爬升，缓慢地，非常缓慢地聚集热量，足以黏合两个人的时候，才终于产生了飞跃的契机。这时候的飞跃显得基础牢靠，显得辽阔无比，似乎两个人在一起，这最后的飞跃不是唯一目的，是一个必经的要到达的过程。

这个缓慢的爬升大约用了一年，一年的时间，回忆起来像一场人为的抻拉。其实不是的，两个人出于彼此连接的一点性格上的或者叫作爱情审美上的一种相同，共同完成了这个慢慢的升温的过程。事情是从12月16日之后的第三天开始的，阿易打电话，说：有空吗，吃个饭吧。司朴没想那么多，以为又是某一帮人。一间漂亮的海鲜火锅，开在繁华的商业街，一个小的包间，司朴去后，才发现再没有别人了。司朴问：还等哪个朋友吗？阿易说：没人了。说得很淡。司朴的反应也很淡：哦。心里有一点点的异样，房间里的电磁炉开始加热，白白的热气罩在两个人中间。司朴对于故事有很强的敏感性，以往交往的人，故事的走向一开始就会明了，哪怕一开始的时候是个很乐观的外表，司朴也能感觉到以后的黑洞，就坚决不挪步。这个阿易，司朴出现短暂的迷惑，因为他的冷静和自持，与众不同的关心方式，司朴有点跌跌撞撞地被拉着走。这是一个无形中有力量的男人，他显得细心温柔，实际上霸气很重，这个霸气对一个细腻的并且有独特素养的女人起作用，浮现得很清晰，并且受用。司朴正好就是这样的女人。阿易说舒适，大概也有原因。在司朴这里，他体会了舒适，一个舒适的女人，舒适的性格，舒适的交流。阿易，他又根本没有显露一点要爱慕的意思，他只是友好和关爱。对于这样的情形，司朴觉得轻松，对于这种分寸司朴最有兴趣。

从那顿饭开始，在一年之内，他们吃了无数顿饭。说话，询问，喝几口啤酒，阿易抽烟，偶尔司朴也抽一根。有关心，有爱护。但这个距离始终坚固，司朴中间偷偷想过，这个男人要做什么，他想要什么？但司朴是不会有什么举动的，而且她也并没有想有什么举动。一个一起吃饭的朋友，说话轻松，挺好。很多话题都在聊，经历和烦恼，但唯独不说感情的话，也从未谈起以往的情感经历。但其实，后来想想，不说这些，已经有什么在产生和积累了，并且因为如此克制而显得勃勃跳动。

司朴翻出大约交往快一年时，自己写给他的邮件，信箱的题目栏写着：远远地站在你身边。这个题目有点酸兮兮的。

是司朴的一个朋友拿了一本别人送的书，扉页上写着这句话。司朴的神经被触动了一下。突然觉得这就是一个结论。她和阿易之间，就是这样一个状态。后来司朴一步一步陷入，开始有很重的想念和疼痛感时，并不能向前走一步。阿易似乎也是不吝发出特别的信号，但行为仍旧是安然不动。

记得在一年之间，只有一次，一起去山边看山，跳下一块山石的时候，阿易回身拉了司朴，他是用手指轻轻捏着司朴的手腕。还有，有一次吃芒果，大家说什么笑着，阿易突然拿着芒果皮在司朴的脸上一通胡抹。司朴那一瞬间，嬉闹之余突然感觉心酸。这个男人，他真的是不想搂住我吗？他要什么？我们都很孤单吧，为什么不互相温暖得更紧一点？但是，但是，司朴后来发现阿易是刻意的，他需要这样的分寸。

那封邮件写着：

很久了，那时是一个秋季走向冬季的门廊，我穿过去，有阳光，看见叶落，看见你。

你说了些话，我也在合适的态度中微笑，点头，回应和闪烁。还有旁人，在大厅里熙攘。

说一些话，有的有重量，有的很轻，在我面前高高低低。我因为陌生和礼貌而专注于对话，也因为什么神思游移。我本不是一个能长时间专注的人，我经常兴致勃勃地和朋友挑起话题，很快就懈了精神，嘴里呜呼哀哉，看着别人的眉飞色舞觉得发愁。

还有一天夜里我轻轻走了，外面风凉。钻出车子，缩起衣领，回家。路灯很静。车里的歌，现在回忆是一支空白。只记得两边昏暗路灯下的梧桐树。

是坐你的车。你开得好慢，像夜里的时针，一声一声清晰如更。说了什么，我都放在了去年，很难翻出来抖掉灰尘了。

那个冬季逐渐变成白色，我穿上红色棉衣，旋转。有一间火锅店的屋子，汤锅冒着热热的白气，隔在你我中间。那个桌子宽大约1.2米，这是一个合适的距离，又微妙到看清眼睛里的彼此。

温暖的安静的午餐。一顿开始，再不会结束。只是午餐。笑，说话，不语，半秒的凝视。

那个冬天，然后春天，下来的秋季，都伴随着安静的午餐过去了。模糊的两个身影，1.2米的距离，不同的模糊的背景，不同的碗碟品相。

我以为我拥有了什么，不是，是找到点什么。但安静的空气让我失去思考的出发点，却意外地获得平静。像浴后在阳光下晒干长发的过程，慢慢抽去湿气，变得干爽松软，很舒适，不愿节外生枝，不愿离开。

它有别于我年轻时的那些经验，那时候，患得患失，苛求不安。现在也许才找到自然，温暖如春。不会囿于什么，不会有硬的结。

它是我，我想也是你每天分神时念起的一个微笑吧。很奇怪，气氛的形成有很多散漫的因素，每两个人的交汇是不能计划的。

我的心慢慢不再单薄，因为你带来的坚毅和张扬，因为我的低调和随意，我需要完全不同的影响。你的高昂经常被我的小翅膀挑弄，而我的小姿态总是被你大手笔封杀。我很开心，因为会心。

又是初冬，我收到美丽的信息，它折射着过去的一年，那些细节的记忆，我的心里开着腊梅，是那种淡绿的，在枝头幽静无比。我在一个朋友的山居里见过，再不能忘怀。

我对你的心情开始放松。我甚至写蹩脚的诗：女子风骨比青竹，你是穿叶高处风。

有天夜里，我和朋友喝了酒，靠在马路边的路灯下等你，我们一起到城市的边处，看灯火，看无关的车过往。就是需要这样的时刻，它是晨起后那杯清水。

有时候很久不见，也很好，我知道你的影和我的行都是独立和温和的，我不要粘连的烦琐。

我开始懂了我的情感。平静与激情，安之若素与快乐绽放。

生活是丰富和多层的，而我们见到，会卸了负累，像蝴蝶的轻盈。

远远地站在你身边，我找到了自己脚步的方向，永远不再犹疑。

后来看这封信，很肉麻，但真的很真，很真实，因为促发了纯情的情绪。其实完全看出两个人之间已经不是普通朋友的感觉，但特别的隐忍和刻意的保持，或者说可疑的取向，让人有点发愣，不是纯情的年龄，却引发了纯情的情愫。是啊，不这样定义它又能怎样定义呢？

事情的转机就在信里写到的那天夜里，司朴喝了酒，靠在马路边的路灯下，阿易说见见。司朴浑身热热的，有点晕，靠在路灯的杆子上，看见奥迪无声地潜过来，觉得幸福。希望这个时刻永远不停，她永远就在那儿靠着，奥迪永远默默滑来，他们互相注视，不能接触。无前无后，一心一意。

接触就在那天夜里发生了。

温火是日子，烈焰是开小差。谁不爱开小差呢？

伍

温小暖快要崩溃了。已经星期三了。赵建设一直没敢来找她，打过几次电话，都是在街边公用电话亭打的。手机不敢用了。说：先别见了，正在火头上。小暖没办法，只好等着。晚上在家也不知道该做什么，孩子吵着要讲故事，李志峰到父母家送东西去了，小暖让他带上孩子，李志峰说算了，又不是周末，不折腾了。小暖被孩子吵得很烦，给孩子放了一张动画片的影碟，自己在旁边发愣。

家里很干净，茶几上摆着水果。小暖恨着赵建设，就在心里对自己老公有了一点内疚。看着家里收拾得井井有条，什么都不用自己操心。越发地体会出一种气恼，哼，我也要对自己家好！就拿起电话，拨李志峰的手机。手机通着，没人接。想他可能在路上，听不见。就打给司朴，结果司朴说在外面吃饭，回头打给她。又拨王玫的手机，倒是在家。问：干吗呢？王玫说孙光出去了，她在家看电视。小暖就连珠炮似的开始了，呱呱说了这两天的情况，说完还气呼呼地喘着。王玫说：哎呀，别难受了，过两天平静了，赵建设肯定就找你了。他不是得先安定团结嘛。

那怎么不管我呢？我多难受，他知道吗？关键时候还是向着他老婆！

好了好了，他平时不是老管着你吗，管你吃饱喝足，下那么大本儿和你过日子，他是真心对你好。

我看也不一定。

你别要求太多了。现在多少男人都是三不主义了，赵建设难得了。

什么三不主义？

不主动，不付出，不拒绝。

嘁。

所以嘛，都是结过婚的人，既然又爱，就得有承受力。是吧？

对是对，但……

你总不能让他跳出来，搂着你站在老婆面前，承认一切，然后导致离婚。

那不行就离呗，我也离。

那你有这勇气，就是另外一回事了。你不是不想跟他重组家庭？

那到最后，也许就得这样。小暖明显显得底气不足地说着。

那样，也许都不会幸福了。

不过也是，他那边两边家里都没办法交代，我倒是无所谓。

温小暖说无所谓的时候，其实心里对李志峰还是依恋的，这个男人是她进入城市的安全岛屿。那时候她来上学，自卑孤单，面对城市有点惶惶。是这个男人给了她一个安全的地点，她的住处她后来的工作都是依靠着他，虽然一切挺普通，但比上不足比下有余。关键是李志峰自始至终包容着她的并不贤惠的性格，任劳任怨照顾她和孩子。

温小暖明白这是一个温床，李志峰的踏实无趣给了她出轨的理由，也给了她出轨的基础。这么说很自私，但谁都没办法逃避自己的内心，不管是美的还是丑的，很多东西只是不说破。谁内心没有那些根本没办法说出口的不光明的东西呢？

所以越来越多的人对家庭负起责任，也不姑息自己的激情。其实残酷的是，他们都没有意识到，出轨有因为对家庭的不满意而为的，也有因为家庭的稳定和满意而为的。家庭是一场最难处的关系，经过时间和共同经历的磨砺，处理好了，形成一种稳定的习惯的舒适的局面。谁也不想打破，知道打破后，再来的，还是一遍同样的重复，而且并不能保证在过程中能不能顺利经受考验，也不能保证这一场是不是就好过上一场。所以在婚外只选择爱，浅涉生活。这是不同的关系，不同的得到，能怎样评价呢，说人贪婪吗？这就是人性中的东西，人都是需要激情的，家庭，很久以后，是一团温火，你再扇，也不会熊熊燃烧了。

温火是日子，烈焰是开小差。谁不爱开小差呢？如同学生时期，上课的胡思乱想，云里雾里，一段不枯燥的时光，何况情感的小差，完全实实在在补充着生活中的平淡。

李志峰回来了。小暖已经哄孩子睡着了。两个人躺在床上，小暖问：刚给你打电话，怎么没接啊？李志峰一边脱着衬衫，一边含混：嗯，在路上，没听见。

小暖就贴上去，很久没有亲热了。李志峰不知从什么时候开始，不太主动要求了。小暖因为和赵建设的频繁性爱，也懒得回家来应付。今天突然觉得心里内疚，他赵建设那么维护他的家，我也不能把我自己家给丢了呀。

她倚在李志峰身上，长长的腿绕过去盘在他的腰上，手就开始撩逗了。正闭上眼睛，想找找感觉，似乎和家里的男人反倒生疏了些，结果李志峰抓过她的手，说：挺累的，睡吧。

轮到小暖惊讶了，说：你不想我吗？继续盘紧他，李志峰也没回答，就说：今天就是累了，咱们休息吧，啊。小暖只好罢手，那睡吧睡吧。

关灯。小暖还睁了一会儿眼睛，看着身边男人模模糊糊的身影，心里突然有点惧怕。不知道惧怕什么，她有点肆无忌惮的，外遇进行得彻底，却几乎没有愧疚。她突然觉得身边这个人有点远了，很久俩人都没在一起说过什么话了，他在想些什么？他没有察觉什么吧。

小暖还是希望安定的。迷迷糊糊中，想，管它呢。管不了那么多。就睡着了。

对李志峰，对这个家她觉得自己很有把握，只要自己不让李志峰知道，不会怎样的。两个人的关系上下，取决于当初关系的建立谁更在意一些主动一些，谁将会被动一些吧。小暖，她一直是自信的。

温小暖打给司朴的时候，司朴说在外面吃饭，其实她正和阿易在开发区的咖啡店见面。晚上他们不常见面。今天是司朴也觉得心里躁躁的，晚上黄林打电话说公司请人吃饭，让她也去，说对方喜欢字字画画的东西，可以交流交流。司朴提不起劲，说不太舒服，就没去。黄林是司朴上大学期间认识的，当初认识时，那种轻轻的心动和碰撞，非常地让人怜爱。黄林那时候说：我一见你，就觉得这就是我的女人，必须的。两个人结婚也有五年了，痒不痒的，总归有一点吧。但两个人的基础很好，属于年龄、经历、家庭双方都比较接近的那种，虽然事业路径不同，但没有什么障碍，都互相支持。怎么说，是一种不费力的婚姻，也许就是现在又提倡的新门当户对吧。挺门当户对的，非常舒适的一种关系。两个人分别给予对方的空间都很大，这是珍贵的。黄林有一次给朋友们还说：我老婆，最难得的，就是头脑清醒，给我空间。司朴是因为自己的素养觉得这样是对的，但她不可避免也有小女人的心思，有时候，也偷偷想，黄林，不知道，有没有什么状况。也只是偶尔一想，她曾经和黄林交流过这样的问题，说：黄林，你如果有什么状况，不要让我知道啊，如果知道了，那就没办法在一起了。大家都笑，黄林也举起手做宣誓状。其实司朴明白大家都是多情的人，但是他们的家庭也许是最牢固的。两个人在外面吃饭，没太多话要讲时，都爱拿店里的书看，菜来了，就互视，低头吃。明白。司朴觉得就是这样一个词，或者加上疼惜，因为互相明白。

阿易大了司朴十一岁。这是司朴没有过的感觉。她把在家庭中的平衡感放在这里打碎，愿意倾斜在阿易这里。

上个周末没有见，周一周二也没有见，阿易说忙几个事情。那就忙吧，司朴也不喜欢总是见面，虽然有时候确实想，想念缩在阿易的怀里，脑子一片空白，浑身只是温暖，觉得自己像个宝宝。每个女人在任何年龄，都有当小女孩儿的梦想。但司朴只好听话，阿易也是比较自我，完全按自己的时间表来安排，并且很注意节奏。司朴很理解。这难道不是自己也希望的吗？就是偶尔会觉得难过，太过冷静的外表下汹涌着很多，见面了却无从说起。到了肌肤相亲的阶段，两个人的话就少了，搂着，用身体交流，很有力很沉默。看来性爱是男女最终极的交流方式，它可以替代思想、交换思想。把沉重的忽略掉，通过运动和交融来达到缓和，积累幸福的感觉。

阿易和司朴在一起是好的，走到这一步，很自然和合适，激情不断涌动在两个人的身体之间。司朴觉得沉醉和微微的发狂，在清醒的半秒钟听到自己的声音，有点放肆，但司朴没有不安，她感觉下沉感觉漂浮，这两种相反的感觉混同，奇妙湿润。

阿易总是沉默的，有力缠绵，却很安静。这是一个有控制力的男人，司朴想，他见了我一年，他才抓过我，我不相信他没有想念。阿易说：你又让我有了年轻的感觉。司朴说：你本来就很年轻。司朴渐渐习惯了阿易的无声的有力，无声中的潮水一浪一浪，司朴用自己放肆的声音来捕捉。

今天晚上收到阿易的信息：今晚想见你。这句简单的话让司朴溃败，柔情蜜意。司朴没有去房子，那是阿易的一处秘密的办公室。司朴在这家咖啡店的小包间等阿易，也许是想让思念拉得更长一点。有时候让身体空白，会更加想念，就把这想念当作下一次的前戏。虽然前戏未免开始得有点早，但谁说前戏仅仅是前几分钟的事情呢。

阿易来了，脸略有点红，进来就捏了司朴的鼻子。司朴说：喝酒了？阿易说：我喝多了。就往司朴旁边一坐，搂住她的肩，嘴巴在司朴的耳朵上摩挲。司朴的身体陡然就起了意。她也回身搂住阿易。阿易的嘴巴迎上来，他的酒气很浓，司朴觉得很蛊惑。婉转黏动。很少见阿易这样慵散，衬衣领子开着，发散着迷惑的气息。司朴一直认为男人最性感的就是漂亮衬衣的领口。司朴喜欢把头埋在阿易那里，然后捻转。阿易有一次开玩笑，说：你是专攻我的脖子。

阿易的手伸进司朴的T恤，如同电流过去，司朴觉得身体一下就湿润起来。阿易突然起身去反扣了包间的门。将灯关掉一个，过来就将司朴揽在怀里，谁都阻挡不了情欲的脚步了，结果他们在沙发上衣态凌乱地到了巅峰。阿易趴在司朴身上，酒的作用和欲望的作用让他浑身很烫。司朴降落下来的身体软绵绵的，她搂着阿易，想，真好。可是今晚的处心积虑失败了。阿易过了一会儿说：抱歉，委屈你了，我喝多了。

酒，有时候是及时的反应酶。过后，我们感谢酒，也可以怪罪于酒。

认识快一年的时候，接触在那天夜里发生了。那天晚上，有一个重要的原因，司朴喝了酒。酒喝得不多不少，恰到好处。她靠在路边的路灯下，看见那辆奥迪滑过来，就想滑向一个什么地方，让她放心地闭上眼睛。

她上车，冲阿易笑笑，阿易说：嗯，酒气挺大。

阿易将车开到城市的边缘，有绕城的高架，灯火明媚。有一段时间，两人没有说话，后来阿易轻轻问：难受吗？司朴说:不难受。阿易在几秒钟后,伸手过来拉住她的手,司朴心里叹息一声,她是觉得在这个同时,她的手也是正向他的手伸去。

两人的手终于在一起拉着,阿易很轻柔,慢慢抚摸着。然后,阿易说:小朴,我们坐后面去,好吗?

司朴心里说了嗯,但嘴巴什么声音也没有发出来。她觉得自己很轻很轻地打开副驾驶这边的门,又很轻很轻地打开后面的门坐了进去,阿易从左边上来。两个人坐着,司朴有点慌乱,心脏跳得有点快,幸亏阿易及时说:来小朴,让我抱抱我们小朴。他说了这句话,车里安静,外面的车光从高架桥上过去,在车里一闪。他说了一句话,不然太安静,司朴的心要跳出来了。

阿易将司朴轻轻拉过来,左臂揽着她的头肩,司朴躺在了阿易的怀里。她没有闭眼睛,向上看见窗外的路灯,影子在阿易的脸上,阿易的表情显得空茫。这很奇怪,似乎是抱住一个早已经抱过的什么,没有战栗和不安。阿易真是一个冷静的人啊。司朴想着,往阿易的怀里缩了缩,闭上眼睛,却同时,自己的嘴巴被盖住,阿易低下头,湿润缠绵的吻。湿润缠绵的时间。

那一晚,他们抱着,很久。只有抱着和接吻。司朴觉得自己掉进了一个极端柔软和温暖的大床,不想醒来。迷迷糊糊中想，阿易想她吗，他为什么没有向前走呢？他向前走的话，司朴会接受吗？

这个拥抱用了一年的时间来酝酿。后来阿易说：你那天喝酒，还等我，我觉得这是一个暗示。司朴打过去：哼，不承担主动的责任！

但是，有时候，一点点酒精，如同气味，加速着人的迷惑。

那天是10月15日。

温小暖第二天到单位，接到赵建设的电话，说：总算平息一点了。中午去房子吧。最近我晚上得早点回。小暖心里有气，说：回什么回，你不怕她跟踪你？那倒不至于。好了好了，我想你了，行不行啊。

小暖再赌气，中午还是做爱了。躺在床上，小暖想，哎，没办法。两个性爱关系融洽的人是很难分开的，他又供应着自己宽裕的花销。虽然也没有太大手大脚，怕李志峰有什么怀疑，但赵建设给她的钱，她存起来，下半辈子可以安心一些了。以后，两人还不知道什么结果呢，也算是没亏待自己啊。

赵建设说：别跟我闹了，那边就够我头疼的了。她也没什么错，还有孩子，我不能离婚。两边老人都受不了。

温小暖其实也不是非要他离婚，女人就是要一个虚假的承诺，觉得这是一个态度。但男人，在这时候，是坚决不会哄人玩的，害怕后患。

行了行了，我不怪你。你有空就打给我，不方便就忙家里的，啊。小暖其实是熟谙哄男人的伎俩的，表示无限宽容和温柔。男人，有时候挺简单的。

赵建设马上说：还是我们小暖懂事。你放心，我会对你好的。

你对我挺好的啦。小暖接着上纲上线。

不过，还要好一点，我多委屈啊。

肯定肯定。

赵建设先走，小暖就靠在床上给司朴和王玫都打了电话，她是忍不住的人，哗哗给朋友一倒，就没事了，说着，电话里就哼着歌。王玫笑她：你呀，小心点。我看赵建设他老婆也是个厉害的人，她能不找你，也没有怎样，是个有主见的人。婚姻那么多年，那种稳固咱们可能还体会不到。

嗨，不管她了，我是我，我又没有要替代她。替代她，孩子赵建设肯定要，后妈，天呐，我可当不了。

看多了女人在婚姻中的被动和受伤害后的表现，现在的女人都慢慢开始不寄希望于拯救婚姻了，她们拯救自己，开始模仿男人的思路，对自己的感觉负责。但真的是和男人一样吗？男人是骨子里的洒脱，女人，外表看着刀枪不入了，其实还是在乎很多。婚外情的双方，女人到一定时候，就开始在脑海里思索对面的老婆是个什么样，家里的生活细节等等，要求男人叙述，听了又不开心，很奇怪的人啊。最后就是弄得不欢而散。

小暖打完电话，突然就想到，赵建设为了平定家里，他一定是要好好表现的，那，他，肯定也和他老婆做爱。想到这里，她心里突然很难受，她无法设想那种情景。突然觉得这屋子里很不舒服。心里有点堵，没法说出来。

大家见过马妞，陡然好像长了精神似的。看来一个有特色的女人给女人的震动不比给男人的小。

陆

司朴的一个朋友来西安了，司朴有好长时间没有见过她了。这是一个人物，司朴虽然并不认同她的生活方式，但暗暗佩服她率真的姿态，完全为自己活着，活得意气风发的。

都叫她马妞。

马妞是从宝岛台湾过来的，比司朴她们大一点，长得并不十分美丽，但神采和风情占据了个人的全部形象，在女人堆里显得很明亮很突出。这一点让司朴很上瘾，因为自己是自持的并且有些微的内视倾向，所以对于女人，她喜欢明亮的张扬的活泼的，王玫和小暖，大家都是不一样的性格，但能够做这么多年的好朋友，不仅是因为能够互相理解，是因为在一起，因为不同，可以互相看风景，可以获得生活中轻松的瞬间。

对于性格有些质地相同的女友，很怪，会彼此相惜，但不会觉得暖和，会感觉一点凉意，互相都无可奈何，因为彼此存在的意义都彼此太明白，不说话也有负累。就远了，问候也是在心里。

这个马妞，那真是一个人物，司朴这样给王玫和小暖介绍，说：周六，一起吃个饭，让你们也见识见识。

马妞是有一次司朴去杭州，当地一个女朋友一起吃饭带过来的。马妞当时也是刚到杭州安家。她人生地不熟，但比任何在座的都有现场感。

是杭州的初秋，她穿了一件白色的宽吊带的小背心，一条拉白的牛仔长裤，个子中等，肤色深浅中等。露出的部分显得健康饱满，很旺盛的样子，头发短短的，蓬松的，微卷。脸庞偏圆，颧骨部分也有点突起，但她的五官，配在一起很协调。眼睛不大不小，很亮，可以看出化妆的娴熟；鼻子小小的，并且略有点塌；嘴唇长得应该说是性感，中等的厚度，嘴角上翘，说话和不说话时表情生动。

她还带着一个七八岁的孩子。孩子淘得厉害，她也不太管，只是过一会儿就把那孩子揪过来，狠狠盯他一会儿，不说话，用手指指他一秒，那孩子就老实几分钟，又立刻疯起来。司朴看着好玩，就笑了。那个马妞冲她也笑笑，说：嗨，这孩子，完全是猴子！随他蹦去吧，我这紧箍咒不顶用！

马妞说着南方特有的普通话，挺好听的。她爱说：我们都是宇宙最大美女！对于席间的丈夫身份的人，开他们玩笑，像个侠女一样指挥他们照顾老婆。那些丈夫见她都好脾气地笑着，毫无招架之力。

后来她拥着所有的女眷上街逛去了，对男人们说：放假放假，女人时间。

马妞的热力很难阻挡，就像是一小股龙卷风，司朴觉得她很受吸引。这种肆无忌惮的女人真是爽，她怎么就能那么无畏地对待一切？什么在她眼里都很容易开解，她的口头禅：有什么关系，我是宇宙大美女。

司朴觉得她真的是大美女，活力和健康真的是最美的，虽然面貌并不是美人坯子，但她的神采胜过一切。

司朴在杭州的几天，每天都见马妞，一起吃饭，逛街，喝茶。司朴看着这个新认识的女朋友总想微笑，赞叹她活得肆意。

马妞呢，也是挺喜欢司朴，她居然很认真地对司朴说了一句：我要是同性恋，我就要了你。司朴差一点把嘴里的饭没控制住，哈哈大笑。说：好啊，亲爱的。你喜欢我什么？

马妞呢，居然又很认真地来了一句：你有气质，有点冷冷的美。我喜欢。

司朴又笑了，别看马妞，她可不是表面那种没心没肺的样子。

司朴从朋友那里听过马妞的故事。她在台湾的时候，二十岁就跟了一个大财团的有家室的老板，她说：爱过，是因为爱在一起。有过美好的有关未来的打算，后来看情况是不可能了，那男人也开始有了别的花草。只不过她这朵花特别一些，男人并不想放弃。马妞认清事实，开始给自己打算，她一开始就不是金屋藏娇的那只金丝鸟，让男人给她另辟了一单生意，自己一直做着，后来她就更主动和明确地给男人说要如何。在一起十五年，那个男孩子就是马妞给他生的孩子。马妞拥有了一辈子都衣食无忧的金钱。然后移居杭州，男人挺难过，因为这个女人太不同于其他那些花花草草的。他倒是想娶她做老婆，但自己的家族关系太深，也是没有办法解决的。他和马妞生孩子，就是他心理上的一种承认。但是他控制不了马妞的决定，没办法。孩子当然马妞带走了，马妞说：这是我的孩子了。

于是马妞成了杭州的一个单亲妈妈，一个漂亮的单亲妈妈。

她在杭州买了房，孩子读小学。她呢，就是交朋友，健身，美容，随心所欲。

并且，至今和台湾的男人关系处得很好。他是个男人，我也理解，马妞说，我也得感谢他，这辈子我衣食无忧。儿子漂亮健康，都得感谢他。

这么明智打算的女人是有力量的，司朴觉得。

一次，来了好几个年轻的帅小伙儿，都很年轻，马妞介绍说：这都是我养的小狼仔！大臂一挥，司朴觉得跟电影似的。男孩子们都很可爱，很合适地围绕在马妞身边，都叫她：姐姐。其实马妞和他们都没什么，因为寂寞或者热闹，大家前呼后拥。马妞对大家好，她说：我看他们乖我喜欢。大家就一起吃饭一起玩。

司朴说：你很先进啊，已经进入消费男色的时代。

马妞很爽朗地笑：当然要消费。然后悄悄告诉司朴：可是还没有发现能躺一张床的啊，这些孩子，太年轻，我有障碍。

司朴知道她也就是图个热闹，姐姐弟弟的很亲。她在内地是白手起家，结果杭州的朋友说，就她认识的人多。

大家见过马妞，陡然好像长了精神似的。看来一个有特色的女人给女人的震动不比给男人的小。很容易都喜欢她，实在是一个对世界充满活力的女人，并且喜气洋洋，兴致勃勃。

本来司朴想约阿易和马妞一起，后来还是作罢，虽然马妞绝对是个安全的朋友。但司朴的性格决定了她始终是保守自己内心的秘密的。即便对于亲密的女友，无伤大雅的可以说，真正自己的内心世界是不表露的。

司朴让马妞住在她家里，马妞不同意，住离她不远的酒店了。她说：我可不想打搅你们，住酒店方便，我们都方便，哈。

小暖说：看看人家马妞，太洒脱了。她却很难真正洒脱起来。见了赵建设一回，又没影了。几天来也就是匆匆打了几个电话。小暖很郁闷。上班也没精打采的。

司朴见到阿易，给她讲这个马妞。阿易说：挺精彩的，我不喜欢。是吗？司朴说，应该喜欢吧，男人应该喜欢，但又害怕，又跃跃欲试吧。阿易笑：你还研究男人心态。我最喜欢研究了。我说的对吧？阿易敲了她的脑袋：不对。我们小朴最可爱。可爱？天呐，这是对我的诬蔑，我都多大年纪了，这个词就是诬蔑。阿易揽过她：你多大，告诉我？你在我这儿，永远是小孩子。

小孩子，嗯，司朴很受用。一个女人不管什么年龄，大概都是有想被宠爱的情结的。能够宠爱女人的男人首先是一个不慌乱的经营得好的男人。

阿易喜欢看司朴穿漂亮衣服，他说：我要是和你一起，就弄一间很大的房间给你挂衣服，你一会儿就换一件出来，一会就换一件。女人就应该穿得漂亮，这是世界的风景。

阿易有时候会给司朴买衣服，司朴觉得惊讶。他很自信，自己去选了，拿给司朴。大小也很合适，式样也能中意。司朴开心，不是因为衣服本身，而是因为这样一个行为，她想象着一个持重的外表有着显赫气质的男人，一个人在光鲜亮丽的商场，心里怀着这么一个小小的目的和温柔的心意，挑选付钱。那种情景，动人心弦。司朴很珍爱这种获取，因为一个喜欢臆想男人心情的小小爱好。

他们的见面形式开始固定。房间，亲密。下一次，亲密。看来男人女人走到亲密的一步就会长舒一口气，然后蜷在一起，互相取暖。见面除此，不能解决思念。聊天吃饭都自动退居其次，这些在接触的初期可是赖以生存的重要内容。

早晨到酒店接了马妞过来，说是一定要看一下“情人”司朴住的地方。黄林特意晚走表示一下礼貌。家里有前一天司朴买的大瓶洋橘梗，淡绿色的。这种花一大簇显得松懈又繁华，司朴就喜欢这样的感觉。其实跟她自己梦想的状态很像，她是无法“奋斗”的人，提起这种字眼就起鸡皮疙瘩。松懈是她内心的样子，在松懈的前提下，她其实是认真的、有秩序的、高效的，但胳膊腿、外形必须是能够有松懈的环境，她才能发挥正常。脸上化妆也如同枷锁，令人不能松懈。所以司朴是不太化妆的。总是觉得某个美人原本质感的皮肤，即便不完美，略有灰暗，那也有着动人的美。松懈、自然、暖和、遗世。这样的女人，司朴想，男人靠近才是多么亲近，皮肤之间才能接触。

进门马妞就说：哇，你家里藏了个帅哥！马妞一股热力般，穿着红色的长袖连衣裙，裙摆刚及膝盖，头发比在杭州见面时长了一些，染成了棕色，化着淡妆。司朴突然觉得有的人必须化妆，这和人的性情气质有关。有的人化妆能够靓丽，有的化妆显得多余，有的人化妆俗气，有的人化妆失去清纯，有的人化妆却很快能够提升感觉。

马妞化妆就很合适，是能够给她增色的。不是太有天资的一张脸显出动人的地方，加上神情，在细节上闪闪发光。

夏天的热浪已经基本过去，早晚开始有一点点舒适的凉意。马妞的裙子在进门卷进的一点凉风中辣辣的像是秋天的红枫。

帅哥配才女。金童玉女啊。马妞特有的沙沙的嗓音总是有热烈的味道。司朴跟在后面冲黄林笑笑。

黄林赶紧说：哪里哪里。怎么，觉得我们司朴不行？黄林又赶紧说：哪里哪里。

大家笑。哇，这花好美耶！马妞冲着那一大瓶的洋橘梗扑过去，蹲下来，胳膊小心圈起来。太美了！你也喜欢这花？我超级喜欢唉。她看花的样子突然出现了一点孩子的神情，司朴看那里的清纯中有一点幽闭，谁没有伤心的往事或者谁没有回忆仍会心痛的那些，谁会永远乐观如她的外表？她呈现的只是自己对自己的期望，她希望自己没有什么仍可以活得看起来很好。司朴所预感的这一瞬是正确的。后来黄林去公司了，临走说：给两位女士留下空间说私房话。

马妞靠在沙发上，抱一个绿格子的靠垫，下巴支在上面。黄林走后她突然换了一张脸似的，也没怎么讲话。这是她们第一次在完全只有两人的环境中相处，马妞神情也不是那样挑着的状态了，语调黯然地只说：你的小家很不错，舒适有味道。你老公也不错，人帅有礼貌。司朴笑笑，说：别肉麻了。喝什么茶？

马妞从包里拿出一个圆形的茶叶盒：知道你喝茶，台湾极品洞顶乌龙！

俩人沙发对面坐着，中间木茶几上就放着一套工夫茶茶具。司朴和黄林有时候一起看电视，俩人都有兴致时会用。小杯喝一点茶，费工夫的事情加上慢的节奏就有了一点意思。司朴这套茶具很别致，蓝绿色的釉质，放在红木的茶托里，安静中带一点盖不住的出离的味道。电水壶在旁边已经汩汩的冒热气了。

温杯。洗茶。用玻璃水壶细细长长的嘴浇注，淡淡地冒着热气。慢慢的有节奏的松懈的，等着缩在一起的茶叶在浸泡中舒展，绿绿莹莹，涨满了茶壶里的空间。

举起茶海，手伸过去，给马妞面前的小杯倒满。司朴也举起来，凑在鼻子上。嗯，这茶真好。司朴说。那当然了，台湾最好的！

抿一口，热气中带着乌龙特有的清香浸润了整个口腔，蔓延到咽喉和鼻腔的交汇处，似乎是香熏一般，耳朵也有了舒适。掠过舌根滑下去，舌两侧马上续上一点微微的甜。嗯，真是好茶。司朴由衷又说。大地自然精华的东西，真是宝贝。她经常是看着漂亮杯子中的漂亮茶，看不够，喝下去，总要叹。想起这可以作为某一种爱情的意向。很美，很淡，淡而悠远，不厌倦，一杯一杯喜欢，一杯一杯加强。

两个人就慢慢喝。司朴说：给你听一盘好听的。CD机飘出一个女声的英文歌。声线缓和，旋律也很缓和，缓和中拨动着心里的敏感神经，竟然慢慢就发酸，有点冲上眼睛的意思。马妞听着，拿出包里的爱思烟。司朴说：抽男士烟吧。起身去取来芙蓉。司朴喜欢抽芙蓉，因为口味不错，芙蓉，这个词也不错，女性化，又有美好层叠的感觉。

烟点着。一缕烟雾飘在茶杯周围。马妞眼里噙着泪光，说：谁的歌啊？这么讨厌！

Dido，英国的一个歌手。我最近是迷上她了，歌好听，声音好听，人也好看。司朴把CD的盒子拿来，封皮上歌手的照片是黑白的，笑容健康美丽。是啊，很美哦，讨厌死了，把人唱得想哭。

司朴说：想哭就哭会儿，我不笑你。这歌呢，我觉得就适合女朋友们在一起听，很清醒的一种声音，也不缠绵，也不叫嚣。

马妞扑哧笑了：你是说你呢，还是说我？

谁都没说，我们都还没修炼好。

也是。以为自己刀枪不入，什么都看明白了，其实，哎。马妞撇撇嘴，把烟凑向嘴边，吸了一口，眼睛眯缝了一下，黯然的光随之闪了一下。

你不是过得挺好吗？那天见面你可把我那几个女朋友都震翻了。我是外强中干！我就是一点，在物质方面我不发愁，我必须抓牢，如果没有起码的物质，什么都谈不上，包括尊严。

是啊，司朴很同意。如果一个人连起码的衣食起居都要操心，那还有什么尊严可言？对于女人，又有什么美丽从容可言？年轻的时候觉得什么在决心下都充满希望。后来，慢慢看到四十岁以后的女人，脸上完全写着生活的内容和状态，再有情调再脱俗的也得先解决生活的问题，脸上写着优越还是艰辛，一目了然。

而且，慢慢知道生活真是残酷的，像马妞如此地清醒，即便不能感情成功，也要先为自己经营好生活，是无可厚非的。

不然，最终被人弃，那时候，谁来管自己的吃喝，管自己能够美容能够不愁来日呢？司朴是赞同马妞的，只是不知道如果换了自己，会如何。司朴想，也许自己永远都不会置身这样的状态中，也就不会有那样的抉择和决定。

司朴觉得自己可以负担生活的基本，那么不知道和一个男人的交往，该如何提到钱。司朴反正没有这样的经验，也是因为没有这样的需求和心理，她对金钱关系占很重要比例的关系饶有兴趣，那女人可以很轻易地要到钱，那男人也是很自然地就给钱。

试想一下，司朴没有觉到一点花钱的快感，人是不同的，不同的人对不同的事物感受的敏感度和强度都不同，甚至完全相反。这是人类社会的生态平衡，需要各方面的林林总总的类型，没有什么好坏对错之分，都是合理的。关键是自己内心的安然。

司朴需要的是那些虚无缥缈的刺激自己的因素和细节，那些可以营养某个时刻的东西，那些根本无法说出的有痛点的感受。

很幸福吧，宝贝？马妞问。你看呢？司朴笑着回答。

我看不错，老公看起来聪明，男人要聪明。聪明的人什么时候都不会太差哦。

还好。我也很聪明啊。你是聪明，但是不要在老公面前太聪明喽。男人，喜欢傻兮兮的女孩子，哪怕你装装，把聪明留给自己喽。

你的经验？哎，什么我的经验，就是有经验，最后也是失败。

没事，你那情况你自己控制不了，他是想娶你的，因为你才是最聪明的女人。还想他吗？

有时候会想，回台湾也会见，他是孩子的爸爸啊，但是我不能留在台湾了，那种感觉不舒服。很多年过去了，觉得还是能理解。理解归理解，见面还是挺心疼的，他劝过我继续留在他身边，我是不想了，没有尽头的感觉。

过来杭州挺好的，只是迟早还是要找一个意中人啊。

哪有那么容易啊，来这么久了，竟是小王八蛋一群。

哈，那是因为你的气势可能吓跑了很多人！别那么张扬了，装装文静。我试试喽，估计是本性难改。其实我还相信缘分的，司朴接着说，缘分还没来。是啊，谁知道什么时候会来？寂寞啊。马妞喊着倒在沙发上。

又立刻坐起来，问司朴：说实话，你有情人吗？司朴心里倏忽抖了一下，潜意识作用，说：没有。马妞坏坏地看着她。司朴笑了，又说：还没有。这样说对吧？

马妞说：女人还是弱的，男人那么自在。是啊，我承认现在的社会主体仍旧是男性社会。司朴接着说：但我们不能因为不平衡又去做更让自己失去平衡的事情。总之，我觉得自己就是自己，谁也不能完全代替自己，父母不行，爱人也不行。所以你很爱自己，就对啦。

有时候宝宝到同学家里玩，我又不想约人，在家，那种感觉，还是很可怜的。

我建议你啊，马妞，做个什么事情，也不要把自己累着，即便只做公益活动，会见识不同的人，你周围的人都太虚了。

说得对啊，我也是想回去做做什么。嗯，不然我开个画廊，给你做经济人。好主意吧？

当然好啦，挣了钱我们周游去，到外国找个蓝眼睛给你。司朴说。不行不行，外国人太毛，受不了的啦！

俩人就笑。Dido的声音飘着，这种声音你在干什么都不会被打搅，会在片刻被它升起来的磁感箍住。俩人一会儿没说话，司朴慢慢弄着茶水，轻微的水声和在中间，清早的窗户旁，浅灰色的窗帘一动不动。

司朴心里很静，有意气的女人们之间有一种很美好的感觉，这种感觉很难得。一般的女友之间是无法产生的，它首先得是两个独特的女人。突然，有了一点悸动，拉起马妞，说：来这儿。走进书房，让马妞坐在门边的单人沙发里，到画案那边，洗笔倒墨。

司朴突然就想画一张画。一点辛酸和内心的认知认可，互相怜惜。

时间慢慢流动，马妞倒是自在，靠在沙发上翻《视觉》杂志。司朴看着她，一个在杭州认识的靓丽的女人，她也有无限的寂寞。我呢，就不寂寞吗？人都是寂寞的。在一起互相温暖也是为了印证寂寞的程度。阿易他在做什么呢？清晨他一定是整洁有力地出现在他的范畴中。他那个范围司朴没有机会了解，也没有了解的欲望。他们只是两个互相温暖的人，对，是的。司朴突然怀疑这场爱情，究竟是不是爱情？很疑惑了。它明显和年少时的爱情的感觉完全不同。也许人的年龄慢慢大起来，爱情这两个字眼就不重要了，爱情的感觉就变了，支撑、共同、安慰才是主要的，那就被我们称作爱情吧。和阿易，快两年的时间了，司朴是爱他，她经常想念非常，可是她不说。

眼前这个女友是暂时没有男人的人，她的身体透露着如此的信息。身体蒙着一层弱雾般的光线，很孤单却很洁净。司朴觉得在某一阶段隔绝男人也许也是好事。可以有时空来完善来不及完善的女人身体的某些。

司朴感怀于这个。她不知道自己的身上会有什么样的光线，她的脸颊并不红润，她的内心却是基本饱满的，也许满的东西不会有奇妙的光线出现。司朴就慢慢画了一幅有关光线的画。一个现代的女人坐在窗前，脸颊清明，身旁笼罩着淡淡的微蓝的光芒。

微蓝的光芒。那幅画没有送给马妞，给马妞说：这画你拿走，会影响你寻找未来男朋友，这是属于单身女人的。

他们走了一年的路，他们要看看在一起是不是找到更多的温暖。

柒

接触发生在10月15日。那天夜里点燃了一年间那些摇动的小火苗，但是仅此。司朴想，如果阿易说要，她应该是不会拒绝的，很自然了。但阿易没有，他一直搂着司朴，拥抱很矜持有力，司朴感觉到他呼出的温热，但仅此。后来司朴想，那就对了，这符合他们一年来情感的趣味和节奏。如果阿易做了，也许过后会觉得失意，这就意味着某一种结束，虽然是大家情感的提升，但长长的那些微妙的心的跳动，那些不完全把握的猜测，那些偶尔的幻想，就结束了。

司朴是一个被动的人，也不能说她完全被动，她只是充分观照别人的感受，什么事情也不是那么非可或者非不可，所以总显得不积极。司朴就看着。觉得这个阿易真是非常自持和清醒的，不过，从心底里说，司朴是喜欢的，对于他这些方式。司朴不相信他就能控制，但他确是很好地控制着。

10月15日后他们又见了几次。还是一起吃饭，开车溜达。因为有了接触，突然觉得还是变了，之间的空气变得好闻。以前也是好闻，现在加进身体的味道，是更好闻了。身体，并没有怎样更多的接触，只是拥抱，有边缘地抚摸。司朴是越来越佩服这个阿易了，因为司朴有时候觉得自己都不想控制了，像是在门外的风，拍着门，多么想有人能打开门，风席卷而入，吹遍四隅。

阿易一直没有更进一步的行为。有一次夜晚，车的后座，他的头枕在司朴的腿上，闭着眼睛，他说：这是我最幸福的时刻。刚刚拥抱的热情还在司朴的心里沸腾，司朴的手插在阿易的头发里，手指尖微微用力，她的心有点疼。这个男人是让她心疼的，他躺在这里，他就是一个脆弱的本质的男人而已，他白天的光彩和姿态，那都是重要的，但最终解决不了心里最后的寄托和安全感的问题。谁都逃不脱这样的结局，每个人都是需要爱的，有谁能晚上仅仅怀抱自己的事业安然入睡呢？婚姻，我们都有一个看起来安全的婚姻和看起来安全的爱人。时间流逝，建立起来的很多东西真的很奇怪

地消失了，如果我们硬性继续，真是难过。所以就都接受现实。婚姻有婚姻的安全感，这和人内心最终的安全索求似乎还是不一样的，人都需要一种能够证实自己是新鲜的自己是被人需要的自己是有激情的，这样的一种安全感。

阿易闭着眼睛，又突然说：小朴，别觉得我有什么意思。我是怕对你有什么伤害。司朴心里抖了一下。原来，他是担心，怎么在这个年龄还有青涩的担忧？这显得极端动人。她将手盖在他的嘴上，说：别说了，我懂。我想你。

阿易说：小朴，我们，我们的第一次，我要给你安排好。司朴的心更加柔软了，她想，还有如此的男人吗？他会控制自己然后心爱一个他中意的女人。又说：11月17日，我们认识的日子，就那天，好吗？

这是他们之间截止那天，说得最为明了的对话。之前不久，在10月15日之后，有一天，阿易送她回家，路上，有点黯然，说：我老婆，她，跟我也受了不少苦。司朴听到这里，心想，他是在担忧了，他担忧我会影响他的家庭，但是，这么久了，他还是不能确定我的性格。司朴没说话。阿易又说：我不知道对不对，我没惹过女孩子。司朴突然觉得无趣，说：这样吧，你这么担忧，还是分手吧。阿易说我不是这意思。那是什么？司朴心里想。但嘴上说：我能理解。后来都没说话。阿易紧紧地用右手拉着司朴的左手,司朴感觉到那种用力和伤感,真情和感情。理解,真的是理解的。司朴没有说太多的话,她对于面前的男人有着深彻的理解,这种深彻,让她很难开口,所以也没有说太多的表白。

后来阿易回忆,说:你那天说分手的话,我听了心如刀绞。看来阿易是一边担忧着可能落入的俗套,一边舍不得面前的这个女人。

司朴简洁的态度还是给了阿易一定的信心。

于是日子来到了11月17日。

接近中午。司朴的电话信息:我来接你。司朴早晨醒来在床上躺了一会儿,想着今天,心里非常平静。为什么是平静的?静水深流,对,是这个词的形态。她很安然,觉得是要开始一段崭新的航行,风景应该很美,她会悉心享受。起来穿上新的内衣,淡黄色,有金丝的点缀。这个颜色是司朴在商店里的时候,突然把握的颜色,觉得这一场爱怜,温暖干净,就应该是这个颜色吧。

司朴坐在阿易的车上,将手伸过去,放在他的右腿上,感觉到衣服下蓬勃的肌肉的弹性。深秋的意味很浓,路上有法桐的落叶,车过卷起。这种情景令她想起昨天下午在家里,想对阿易说点什么,就打开邮箱,愣了半天不知从何说起,他煞费苦心地计划日子和形式，司朴只有感动，说什么都有点矫情了。后来只写了几句话：

一下午。不由自主。不由分说。不可不说。不可撤销。花我细细剪了枝，供养在清水中。就在我的书桌上。所以我多看了一会儿书。

阿易带她去了一家五星级饭店。高高在上的套房温暖安静。管家部推来铺着白色桌布的小餐桌，桌上有红色康乃馨，有红酒。午餐用了一个多小时，时间不长不短。红酒是好的，大家也喝得不多不少。司朴的脸有点热，她先去洗了澡。在浴室的镜子前，司朴看见自己红红的脸，觉得挺美的。洗了头发，水汽蒸发着。有没有犹豫，没有想到这个问题，似乎是水到渠成的事情。司朴拍在脸上一点爽肤水，仍旧穿好衣服，就出去了。阿易坐在沙发上抽烟，微笑着看她，她过去，捏走他的烟，靠在另一侧，凑在嘴边吸了一口，周身温热湿润，呼出的烟在空气中散开。阿易拍拍她的脸，说：我去洗了啊。司朴笑笑，就目送着这个男人走进浴室。司朴听见哗哗的水声，继续吸那根他的烟，时间在一瞬似乎有空隙，空隙里有水流的声音，有记忆的影子，空隙是一个圆的泡泡。有白色的柔和的光芒。司朴坐在这里，他们是为一个目的来这里的，他们要印证他们的感情，他们走了一年的路，他们要看看在一起是不是能找到更多的温暖。

突然电话响了，是黄林。黄林一般没事不太打电话，所以这个电话有点意思。司朴接起来：喂？黄林那边问：在干吗呢？司朴说：和朋友在外面吃饭。你呢？哦，我没事，刚随便吃了点，在公司，准备休息一会儿。

好啊，中午眯一下。我挂了啊。好，晚上见。黄林也挂了。司朴挂了电话，发现自己没有一点该有的慌乱。

是啊，该有吗？自己这叫背叛吗？司朴不喜欢按寻常来想问题，自始至终，这都是自己的事。黄林，他，司朴这会儿想，他会有什么状况吗？不知道，司朴不是注意在那上面的人。他们之间，有一种难得的友爱，也有一种难得的聪明。有的问题他们是不会涉及的，涉及的结果所有的人其实都未必能解决。司朴挂了，就挂了。黄林，阿易，两个人，对于她是什么意义呢？是啊，司朴的婚姻状态不好吗？不是的。这和婚姻没有关系。人们总是把好多事情和婚姻连在一起，其实婚姻好坏，都会存在另外的东西，都会需要另外的东西。

司朴开始朦胧认识到这些是独立的。也许她的心里，一直都有如同天生的东西，一种对事物的广泛的理解。

但这些怎么说呢，当然无法说，人性的很多东西都不符合正常的规定。

那天的结果是司朴没有想到的，但令她得到了巨大的感动。阿易来了，他们拥抱亲吻，完全接触，屋子里的窗帘具有很好的遮光作用，中午如同夜晚。但是，他们什么也没有做成。似乎是很久过去了，司朴轻轻拉过阿易，说：好了，我们静静躺一会儿。她有种非常平静的感觉，觉到屋子里一种安宁的洁白的光线。很奇怪，她没想到，他们酝酿了那么久，等着这个日子，这个日子也等着他们……阿易抱歉地说：我，有点紧张吧。

司朴开玩笑：近乡情怯？没关系。司朴又说：我已经和你在一起。后来大家没太说话，阿易抽了两支烟，大家只是默默地靠着，烟头的红色一明一暗。

黄昏时司朴先离开了，在路上，她打电话给阿易，阿易还在房间。司朴说：早点回吧。阿易说：你注意安全。司朴没有让他送，她出门打了的。她想，他一个人在房间，这会儿是什么心情？他并没有表现更多的沮丧什么，但是司朴知道这对于一个男人，是一种暂时的失败，他能够如此镇静，司朴觉得很好，大家不至于尴尬。司朴相信他是紧张，于是司朴确定他是一个足够认真的人，他一定没有太多的其余的经验。他说他没有惹过女孩子，司朴相信。他应该是还没有完全展开迎接他们的感情，他心里还混同激情、担忧、不安、爱怜，甚至还有羞涩。这些让他的身体陡然藏匿。

司朴在回去的路上，有着巨大的感动。她感动于自己能够碰到如此纯净的人，她一点担忧都没有，她相信他们的未来，她感觉到他们丝丝贴入的悸动。

那是他们的第二个11月17日。

史帅上大学的第二年，王玫高三。这期间，王玫会收到很多信。信，让王玫很著名，让老师也很恼火。那时候，有谁的信，名字就会写在学校传达室门口的小黑板上。王玫，王玫，王玫……频率之高，让同学们惊呼，让老师们瞪眼。王玫总是脸颊飞红去取信。有时候是明信片，那个年月很流行明信片。如果是明信片，那么写的一段话就会暴露在大家的眼下，门口翻信的人应该都好奇地读了。所以，取到明信片的时候，王玫的脸就更红了。她的白皙的肤色飞起的一抹红，成了中学时故事的底色。那些明信片倒是没有什么肉麻的话，但说得风淡云轻的话，都显得深情款款。王玫那时候，一直不敢开口说，你别寄这些明信片了。其实她是盼着的。史帅说：我要让你们同学羡慕你。他会在假期提前回来，中学还没有放假，他会在学校公然出现，和碰见的老师打招呼聊天，然后等她下课，公然带她走掉。王玫能够感觉到身后一层重重的目光。但年少的虚荣和刺激还是战胜了这些。

后来在高三，王玫的班主任，非常厉害地拆了王玫的信，并严重警告了她。后来长大才明白老师的急切，那时候只是一味地恨。

高三寒假。史帅没有说什么时候回来，只是让王玫好好学习，等着他。高三的时候，有时候几个要好的同学会约在一起研究问题。那天下午，冬季的天气阴阴重重的，几个同学到家里一起做了几套模拟题。高三的生活太枯燥，老师总是倒计时。几个要好的同学有时候在一起学习，也是一种调剂。那天，几个同学约在王玫家，这里面有张毅力。这就是和史帅之间最早的一个分裂的线索。学习完了，大家大呼小叫从楼上下来，涌出单元的楼门。十七八岁的年龄是最微妙和富有活力的年龄，后来王玫回忆，出楼门前好像是在说王玫的信多什么，其实史帅是大家共同崇拜的前辈。张毅力说：王玫啊，小心，你说不定是我们中间最早结婚的！王玫说：去吧你！就拿拳头上去打他，张毅力就躲，王玫就往前扑了一下，没站稳，就一下子靠在了张毅力的身上。当然这个情景，在当时，在下楼的几个同学之间，都没有什么意外的感觉，这只是小意外，几个人平时关系也不错，没什么。但这个在出楼门的一瞬发生的笑闹的情景，被站在楼门外五米远的史帅看了正着。

王玫站稳后，和几个同学同时发现了站在不远处的史帅，一时间，大家都愣了，王玫更愣，因为史帅没有告诉她他什么时候回来，只是说，在学校还有点事，忙完就回来。看来他是想给她一个惊喜。大家一愣，就都好意地笑着，给王玫说再见，纷纷骑着自行车就走了。空气在两三秒之内有点稀薄，王玫深深地喘了口气，立刻扬起眼睛，说：怎么不告诉我啊？吓死我了。笑着向面前的史帅走去，又悄悄担心着看楼下有没有认识的叔叔阿姨。这种表情也许让史帅误解了，史帅后来说：你对同学的离去那么恋恋不舍？我在你的面前，你还心猿意马。这是后来才知道的，王玫和史帅后来知道他们之间的误解注定不可避免，从那一次就开始了，然后像瘟疫一样弥漫，于是，健康失去了。而且大家知道，这失去是无法避免的，这是两个人的宿命，是两个人爱情的洪水中夹杂的泥沙，这些泥沙显得沉重，于是看着洪水远去，没有力气追赶了。

王玫向史帅走去时，发现史帅的脸上并没有笑意，不像他每次回来那种温暖的积蓄了很久的笑意，也没悄悄迅速地搂她一下。王玫已经走到史帅的面前，只有两拳的距离，可以看见他的脸庞，看见他微黑的皮肤的毛孔，他的眉毛粗而黑，鼻子挺挺的肉肉的，他的眼睛有突出的特点，白眼仁明显，但这一切脸上的因素，因为个人的气质，显得那么气派，包括他的眼神也是凌厉和难以捉摸的。王玫站在他的面前，心里对这个初恋的男人无限热爱，又有一点瑟缩和抖动，王玫觉得害怕，害怕什么？她好像有点虚弱，面前的他那么强有力，他似乎已经知道全世界，而她，能有足够的力量吗？但王玫爱他，她只是懵懵懂懂地向前走去，是史帅牵着她。

她问：怎么了，史帅，看见我不高兴啊。史帅叹了口气，说：哎，算了。王玫问：什么啊，什么算了？史帅的胳膊垂着，垂着的手找到王玫垂着的手，重重握了一下，松开。悄悄说：想你。王玫的脸哗地飞上红云，眼睛低下来，看着史帅穿的一双褐色的皮鞋，系带的。那年月男孩子穿上皮鞋，是如同成人礼一般的代表。中学的男孩子们穿着板鞋和球鞋，踢踏着中学的日子。史帅已经大二了。他在著名的未名湖边张扬着自己的才华。史帅说：小玫儿，好好学习，我在学校等你。王玫学习也是很好的，大家觉得重逢在湖边是没有悬念的事情。

史帅说，走，陪我走走。那时候，放假回来，见面，很多时候是走啊走。王玫住的地方不远有个大学，他们经常在大学校园里走走，坐在操场边，看空空的操场。

进了校园，史帅将右臂揽在王玫的肩头，将她紧紧地拉向他的身体，然后又用左手过来将王玫扳向他，王玫就完全在史帅的怀抱里了。史帅的嘴巴压下来，王玫被史帅周身的温热和嘴巴的火热包围了，那时候王玫还注意了他们站在一棵枫树的下面，冬天的树上还挂着些叶子。同时，有一片叶子慢慢旋着落在脚边，好像这片叶子是专门等他们来。后来坐在操场边的看台上，是铁架子，很冰。史帅将自己的棉外套脱下来垫着。大家很久都没有说话，操场上有一个男生在跑步，这是家远假期不回家的学生。独自锻炼和学习。王玫想着大学生活，有点憧憬。这时候史帅说：学习顺利吗？我还带回一些模拟题给你。啊，是吗？王玫笑笑，你真是讨厌的人！还让我做题。高三一定要认真，什么事都等考上再说。我们那时候，哥们儿在一起说几句话就都回去学习了。史帅顿了顿，说：今天那男孩子是谁？嗯，你说什么？王玫没反应过来。和你很亲昵的那个。史帅很严肃，不像开玩笑的样子。王玫知道说的什么了，就拍了史帅的手一下：坏蛋，那是我们班的同学，我下楼没站稳。是吗？我看挺怪的。哎呀，你还这么小心眼儿啊。不是，我的玫这么可爱，我又不在身边，我不能在身边看着你。

王玫当时觉得感动，这个让她虚弱的高高在上的人，为什么会这么喜欢她？王玫在他面前失去了自信。但他的这种反应，让她欣喜，她知道他紧张她，她有了一种把握。把握让她很愉快，她凑在史帅的耳边说：我一辈子就爱你一个。

王玫现在回忆这句话，还是觉得感动。谁在年少的时候，没有说过一辈子的话呢？那时候都以为是一辈子，不会爱别人，不会跟任何除他（她）之外的人有任何瓜葛。岁月过去了，知道那样的话只是属于青春的。后来的经历渐渐远离了这句话，远离了当初的爱人，远离了自己的青春岁月。青春，就是永远悬挂在枝头的美丽的酸涩的果子，那种青的颜色纯洁欲滴。

王玫当时建立起来的愉悦的把握，很快破碎了。

她竟然把自己的方式都无法讲给朋友们听，她突然有一种讲的欲望。她能想象如果说出来犹如一枚怎样的炸弹。

捌

王玫从成都回来，一直没有找到机会和孙光坐下来谈谈。开这个口确实太难。孙光，王玫想起他，他是温暖过她的人。她觉得开这个口，是一种犯罪。但不尊重自己的内心，是不是也是更严重的犯罪？是对对方的犯罪。

孙光为人真诚，做事踏实，这几年在单位也干得不错。竞选副行长的事情很快就要进行了，王玫也希望他顺利达成，必须等到事情之后才能开这个口。这是肯定的。给史帅打电话也实话实说，史帅安慰她说没关系，电话里他说：小玫，主要是我自己回归了，自己找到自己的方向了，再也不会做错事。又说：我不会再让你消失。前些年，都是我的错。王玫在电话这头，鼻子发酸，很多很多委屈重现在心里，那些难受的岁月中永远无法专心过眼前的日子，那种迷茫和心碎，全是因为这个无法忘掉的控制着自己感情的男人。这个男人在她的生命中，放了太多盐分，让她受伤，伤口嗞嗞地疼痛。现在的王玫，知道这中间的很多关键的卡口，也和自己的态度，和后来想起的毫无价值的青春的自尊有关，但所有的事情再来一遍，也许还是重演，这就是他们之间的故事，无法复制无法更改。他们的缘分中混同着最初的纯挚心动，混同着甜蜜伤害，混同着尖锐寒冷，却有着长久的不能泯灭的火焰，终于可以烧得彼此没有力气，终于看见最初的那些东西在火中成为晶亮的珍宝，闪闪发光，其余的，都化为灰烬。

王玫一而再再而三在意的那些，现在竟成了悲悯的主题，不知从哪里听来的，因为爱，所以悲悯。现在知道那不是矫情的一句话，是经过很多开始放开的自然正确的态度。

晚上孙光回来得早，王玫正在沙发上看电视，动物世界，讲可爱的鸵鸟。孙光进门边脱鞋边说：吃饭了没？

吃了。吃的什么？速食面。你看你，好好吃点，一个人总是懒。王玫笑笑：好着呢，挺好吃的。怎么样，今天不用应酬？今天我逃跑了，有点累，最近。那快洗洗，休息。竞选的事怎样？还不知道，结果没下来，谁也不敢说啊。

王玫看着孙光的脸，他是那种方方正正、没有鲜明特色、勤勉踏实、很周正的人，人长得周正，做事周正，生活的日子也很周正。其实日子和这样一个男人过挺好，他不会让你流泪让你辛苦，他负着责任，按照自己的计划稳步向前。王玫觉到另一种心痛，但自己的故事不在这个序列，她必须对自己一生的情感做个交代，她无法继续待在这座房子里，和这个她很感激的男人生活，她不能骗他，和他继续有这些过日子的对话。三年多的婚姻生活，对于王玫，在没有和史帅重逢的那段日子里，王玫慢慢觉到平静，以为自己就要这样下去了。一切又突然打破。和孙光，没有显露任何不好的迹象，王玫自己内心深处的东西也从不显露。孙光作为她同学圈子外的人，也不了解她的过去。

这场谈话实在是有点太难了。

晚上靠在床上，王玫打开卧室的电视，随便翻着。孙光胳膊过来搂着王玫的肩，手指轻轻地抚着。两人一起看了一会儿晚间都市快报。然后孙光关掉他那边的床头灯，将身体侧过来，笑笑的，嘴巴在王玫嘴上点了一下。

王玫没动，浑身突然紧了一下。这点紧只有自己知道，是渗透在毛细血管和皮肤深层的一瞬的感觉。为什么？平时和孙光的做爱，王玫的感觉不能说不好，只是有点平静，孙光很照顾她。可是现在不同了，她和史帅，甩开岁月给他们的那么多的羁绊，真是太好了，性爱就如同他们的经历，复杂尖锐火热，那种跌宕感，大概是她和孙光之间永远不可能得到的。

很久没和我老婆……孙光说，最近忙，抱歉。王玫心里快速地翻滚着，矛盾着究竟应该不应该拒绝，拒绝，好像没有理由，不拒绝，王玫觉得更没理由。但是，她确实有点内疚，这种内疚来自于孙光的不知情。他什么都不知道。他爱着我。孙光搂紧了王玫，拉着王玫平躺下去。王玫根本无法做出任何拒绝的动作，她只有本能地保护着这种暂时的风平浪静。

身体的发紧让她有点不适，身体一直处于不在场的感觉，身心分离，孙光今天却很有激情，很主动地操纵掩盖了王玫的迟缓。

静静地躺在床上，窗帘深色的灰咖，让房间空间很隐秘。孙光睡着了，一只胳膊搭在王玫的小腹上。黑夜很长，黑夜无边，黑夜包围着王玫，成都，那边的夜这时候是什么模样？王玫的心揪了一下。对不起了，史帅。对不起了，孙光。

马妞回去给司朴寄来一大盒兰芝的护肤品，说：给你们几个随便用用。自己买时，顺便多买了一些。司朴给她打电话，说：你这个富婆，多做点这种事，你有我们就有。马妞在电话那头哈哈的：没关系啦，咱们女人嘛，打扮美点是正经事！留得青山在，不怕没柴烧！司朴实在喜欢马妞的性格，她的热力在遥远的地方仍旧能够感染她。谢啦，替我亲亲你家小男生啊。好啦好啦，那小狼崽，我回来正在收拾他，一点都不好好学习，优秀的中国文明还等他学习呢，我看也是没戏。没关系，小孩子小嘛，别逼他。哎，马妞啊，自己的事情留心啊，我倒想看看你将来身边是什么样的人能将你收了！马妞那边大笑：我也盼望谁把我收了，可惜啊，名草有主，名花也没办法啦。别太欺负别人啊，小心把人都吓跑了。哎，有信心的人是吓不跑的。跑掉的，不可惜！就是就是。司朴应着，说：才走没多久，还挺想你的。我也想你，亲爱的。将来老了，咱们自己过吧，养老院著名的两朵老花！哈哈，说定了！

司朴珍惜女人之间的友谊。像马妞这样的，看着大大咧咧，其实聪明绝顶，有着冰雪内质。和她在一起，安全舒适，没有小心眼儿，有义气。司朴看重这个义气，女孩儿身上的，很难很珍贵。

有一周多没有见阿易了，应该说今天该约了。司朴也想他，但不知怎么，似乎这种想念放在心里更舒适，见面之后总是有短暂的失落，一种莫名在司朴的心里。她应该是不怕什么的，也对整个事情有着足够的理解力。但，还是不愿意看着它慢慢滑向不能控制的另一面。保持激情和纯粹，这可能是每一个拥有感情的人下意识的保护。目前，司朴想到的，只有延缓见面的时间，将思念在内心暖的时间长一些。

司朴有时候也想，这样，是不是也很刻意了。

还是打电话约了女朋友们，由头就是发马妞寄来的兰芝。黄林那天推荐说和客户去城东一个洗温泉的地方，很不错，应该是这个城市里最好的环境了。打电话问王玫车在不，王玫说开着呢。温小暖也请了半天假，大家说好12点在二环的东段和南段拐弯的地方等。

还有时间，司朴开衣柜选衣服。9月底了，凉意开始占据。司朴特别喜欢这种季节交替时的温度，不是太强制了，有点游移有点混乱，慢慢走向另一个稳定的阶段。四季分明是好的，隔上几个月总是会有些显著的变化，这很好，没有变化的城市季节那是太糟糕了。四季如春。这是个美好的词，同时又是个乏味的词。美好的人和美好的事物可能都有点乏味感在里面吧。司朴心里笑笑，自己很难做一个不乏味的人，因为对于很多冲动并没有勇气。所以喜欢的人都是能够打破人生规律的人。比如麦当娜，欣赏她身上全面展现的各种不乏味，她有着世俗标准的各种坏，但是她什么都得到了，包括现在的贤妻良母的角色，这很让人佩服。这个女人的一生让旁观者仅仅观看也是很过瘾的。

司朴很自持，觉得自己很难洒脱起来，众多的东西在心中翻转，但她是一个注意私我的人。有的东西没有任何欲望想让除自己之外的任何一个人知道。只有自己，悄悄地包含着，不慌不乱。

电话响，司朴正找出一件黑色的长裙，黑色的薄丝袜，准备试一下，穿着一套淡绿的内衣，跑到客厅拿起电话，一看是阿易的，犹豫了一下，运了口气，接起来。

喂。

怎么跟小猫似的。阿易在那边笑。中午干吗？他总是这样问，就是问有没有空见他。

嗯。那个。怎么，有事啊？嗯，几个朋友聚一下。司朴不喜欢说得很具体，虽然阿易是知道她那几个经常来往的女友的。那好吧，咱们再约啊。自己保重。

你在抽烟啊，司朴感觉到抽烟轻微的吐纳气息。是啊，耳朵还挺厉害。

不是耳朵，是眼睛。

哈。都笑了笑。好吧，你去吧。好吧，我去了。

就挂了。其实挺想的，似乎这种想念存在在不见面的时空里更加显得合理，反倒有一种轻松的愉悦感。也许阿易也是这样，形式到了这一步，不知道应该有什么样的新意，只好下意识地拉长见面的时间。这是司朴的感受，她不敢放开和他见面，人和人的交往有一定的定数，省着点，是不是时间能长点呢？其实缘分尽了就尽了，司朴不是纠缠的人，但司朴对于阿易，有一种疼惜，他带给她的种种感觉，她知道在这个世界上很难获得。他们中间有一种不用说话的联系，这种感知不在能描述的范围。

算了，不想他。穿上那条黑色的裙子，套上黑丝袜，裙子是有点自由度的正装。扎个松松的马尾。镜子里的人真的有点好看啊，司朴看着很高兴。就想让阿易看到她现在的样子。

出门。背上挎包。门廊的台子上放着瑞士莲巧克力，金

色罐装的那种，打开，捏出一粒。司朴喜欢吃巧克力，但吃不多，她就喜欢不断续上，随时看见了，捏出一粒，细细在嘴里化掉。巧克力香浓的味道可以调剂一直类似寡淡的表情。

几个女人集合到车上，王玫是一辆白色的本田。车上三个女人的气氛是有点意思的：王玫开车，温小暖坐在副驾驶，司朴在后面。这是一种平和的气氛，有男人在的车上，女人是有点倾斜的，总是或轻或淡地有一些性别的介意和冲突，介意和冲突不是说不和谐，是一种奇怪的和谐。但只有几个女人在，是平和又轻快的。

去温泉那儿还有一段距离，大约十几公里。刚开始大家都未怎样说话，车窗开着一点，初秋的风凉凉的很惬意，似乎这是一种抚摸，都在静静无言地接受。几个人是很不同的，可以成为多年的好友，关键在哪里呢？不是付出，更多是因为需要。女人需要女人，对男友的感觉是不稳定的，对女友的感觉却是相对稳定的。

对了，马妞给咱们送的兰芝的化妆品。一人一小套全装啊。

真的？太好了，富婆应该送！小暖叫着。

人家够可以了，和司朴是朋友，和咱们也仅是一面之交。王玫说。司朴说：不过马妞真的是个挺棒的女人，我喜欢她身上有点义气那种感觉。

就是。王玫接话，活得很爽啊。

每个人都有每个人的难受，马妞只是表面尽量让自己不受现实的影响，她也是女人啊，她也需要真心的男人。司朴说。不过可能挺难的，她那么有钱，在杭州那地方，都是南方那种小男人，根本不相配。小暖说。

哎，感情这事，真是有缘分在，真命天子该出现就出现了。王玫说。

你的真命天子呢？最近，怎样啊，你怎么办啊？小暖问王玫。都没变化，孙光，我实在没办法开口，最好就是等到他单位的事情有个分晓再说吧，他又没有什么错。我开不了口。

不过，司朴说，如果孙光当上副行长了，你挑明这事，对他也是个大打击，没当上，更是打击。你要考虑好怎么说，他应该是个明白人。

哎，再说吧，总之，现在我是开不了口。我现在都害怕晚上，害怕孙光对我好，我觉得两个男人我都对不起。你看你看，你应该想现在有两个男人都对我好，那还不美，将来的事情将来考虑！小暖说完大家就都笑。谁像你呀，心安理得地享乐，王玫拍了温小暖的腿一下。你呢，现在不就是两个男人对你好嘛。那当然了，我才不管什么对得起对不起，自己好就行了，而且，我对他们都挺好的啊，都对得起他们！

看，这就是思维方式的巨大的不同。司朴在后座说，差不多的格局，完全不一样的状态，一个美滋滋，一个愁兮兮。

哈哈，大家笑。司朴想，自己是什么呢？她有时候也挺羡慕小暖那种态度的，要钱就是要钱，日子就是日子，但是自己的性情决定了自己的方式，她竟然把自己的方式都无法讲给朋友们听，她突然有一种讲的欲望。她能想象如果说出来犹如一枚怎样的炸弹，本来她们平时就不相信她没有什么蓝颜知己，可是，她觉得没办法讲，她不想每次都就这个问题要展开汇报和讨论，她觉得这是自己心里的事情，即便是最好的女友，她也有保密的权利。在一瞬间像青烟一样掠过车里的空间，司朴知道，这就够了。

哪天咱们去成都玩吧，咱们几个还没有一起出去过呢，顺便看看你的史帅！司朴回过神说。去你的，我要锁起来，不让你们见。不成功不见人！小暖过来摇王玫的胳膊：让见见嘛，让见见嘛，不然以后成了亲戚了，还不太熟呢。

闹着说着就到温泉了。看起来是一个很大的园子，驶过树木茂盛的甬道，抵住一个设计简洁厚实的建筑物，灰色和红色的色调，在午后的淡淡阳光下有点傲傲的姿态。

这是温泉接待的主楼，楼下是大厅，楼上是餐厅。一个帅帅的接待经理，大约三十岁上下的小伙子，领着她们先在园子里大概参观了一下，有园林区，亭台楼阁小桥流水的，有别墅小院区，掩映在大树里，还有烧烤区等等，真是不错的。又回到接待厅，小伙子指引她们在前台办理洗浴温泉的手续，然后礼貌地躬躬身，离开了。还挺帅的，小暖悄悄说着，一边大声向小伙子离开的方向招呼，谢谢你啦。司朴说：你是不是恨不得邀请同泡？去你的，小暖上来打司朴。刚刚出赵建设的视线，就开始不老实！嗨，爱美之心人皆有之！

王玫趴在前台办手续，一般大家出来都是王玫办理这些东西，她是从事会计工作的，心细，喜欢算账。她曾经说：我看见密密麻麻一行一行的账本数字，我就来劲，我就愿意把它们理得清清楚楚，挺享受的。司朴说：这就好，关键是自己喜欢，都有点艺术的精神了。

其实任何一种事情做到高级阶段都是和艺术的精神贯通的，只不过大部分的人都处在做事的被动状态和忍耐状态。

由王玫算账，一般情况下大家都是AA制。这是女人之间很自然的经济关系。黄林知道对司朴说：挺好的，只不过让我们男人之间这样，那太奇怪了，结账的时候分别掏钱包，往一块凑，嘁，笑掉大牙了。司朴说：这就是心理的区别，女人是更能摒弃面子的，而面子对于男人，甚至和金钱是对等的。

女人之间的这种方式，也是关系维持的一种安全方式。

办完手续，几个人进去淋浴，换上游泳衣，拎着浴巾，走进温泉区。啊，真是不错。司朴说。因为是下午，也不是周末，人不多，只见偶尔几个人影在树木间过去。大大小小的温泉池大约有二十来个，之间都有安排巧妙的树木花草隔开。热气舒缓地袅腾着。太美了，温小暖先跑到前面。她穿着一件花朵图案的金黄色的泳衣，腰间有小裙子衬着。生育过的身体略显出腰身的丰满，但还是不错，有一种健美丰腴的感觉。王玫和司朴走在后面，王玫的泳衣是单色的蓝，宝蓝那种，阳光下很炫目。司朴问：什么时候买的这件？我没见过，好看，和你人还挺配的。上次去成都，那个小区会馆有游泳池，史帅想让我没事可以在那儿游泳，他买的。嗯，看来史帅的眼光是不错！

司朴今天带来的是比基尼，这一件她还从来没穿过，就觉得女人都应该有漂亮的比基尼。红色小碎花，其间配着绿色的小叶子，司朴很喜欢这种图案。是去香港，在中环，一看见就买了，虽然价格也不菲，但撞击心理的那种满足感，是值得的。

温小暖已经下到一个池子中，让水漫在缩起的肩膀上，闭上眼睛：啊，太舒服了，快下来快下来！王玫和司朴也走下去，在水里蹲下身体，坐在水下的台子上，温热的水立刻渗透全身。阳光在身旁头上淡淡晃动着，午后，温暖的水温暖的阳光，几个女人的身体也温暖起来，于是，心情也温暖得和水一个形状，懒懒的，环绕着。

突然岸边防水袋里的手机响了，大家很费力地把自己从晃晃悠悠的世界里拉出来，辨认，确认是王玫的手机响。王玫站起来走上去，坐在岸边的藤椅上，将手在浴巾上擦擦，拈出电话，一看来电显，脸突然有点不自然的羞涩，说：史帅的。池中的两个人都做惊喜夸张的表情。

喂。王玫接起来，一边走到另一个池子那边。树下阳光摇曳的亮点跟着王玫蓝色的衣服，显得更蓝了，蓝色笼罩上爱情的滋味，湿答答地滴着。

就放下手机和大家一起玩，只不过心里略有些不踏实。阿易一般不是这样的肯定句。他总是问她有空吗，非常地彬彬有礼。所以这样带有霸道的不容分说的约会一般不会的。司朴如果没事的话，她是会立刻去的。

玖

电话里史帅说，后天要来西安。

王玫接完电话，过来坐在池边说了这个消息。司朴说：怎么样，我才说咱们一起去成都玩，见见你的爱哥哥，这不，就来了。必须让我们见啊！就是就是，必须见！请娘家姐妹吃一顿！温小暖也嚷嚷。吃什么吃，有点素质好不好，喝喝茶就行了，别让饭味把欣赏的气氛弄坏了。好吧好吧，喝茶喝茶。

王玫说：不行，我紧张，以后再见吧。你紧张什么啊，史帅估计都不紧张。司朴笑着。说着，司朴被一种愉快的情绪感染，朋友的感情她是一直目睹的，对于她和史帅之间的种种，她也是知道一些并且能够明白的，并且也有一点羡慕。他们曾经在青春岁月里那样张扬过自己的杀伤力，然后终于在经历之后，还能够重逢捡回自己的初衷，真好啊。司朴觉得自己一直都太过自持，从没有淋漓尽致地挥洒过自己天然的冲动，哪怕是不成熟的混乱，那也是一种迷人之处啊。现在和阿易，更是走上自持的一条道路，与众不同，互相尊重，清淡久远。司朴不知道如何才能面目生动，她说不出有些话，也做不出有些事。但阿易是看重这些的，这是他们之间产生故事的基础。可是，司朴有时候也想像个小狼似的，那么尽情地扑食。

爱情传染着。大家在一个一个池子中快乐地泡着，脸红扑扑的。司朴拿起电话，发出一条信息：能见吗？

后来她们聊天，喝水吃小点，集体躺在热腾腾的木榻上，哼哼唧唧地伸展，打盹。

一直到回去路上，司朴也没有收到回信。这种漫长的寂静让她有点沮丧，本来她想见他，将今天续起的撕咬的心情延续在他的身上，可是他一直没音信。虽然司朴一直显得平静，但心里是一点一点黯然着。火焰是被一个大盖子盖住，因为缺氧而熄灭。身体因为温泉的作用，非常松懈和芬芳，司朴想这个时刻多好，见到他，闭上眼睛，沉浸在另一个宛若温泉的怀里。

仍旧没有回音，算了。在他们的交往过程中，多次的想念都是被司朴自己压下去的，她很熟悉这种想见但不见的感觉，似乎心里的激情真的就只是自己的，自己产生自己消化。这是一个长长的通道般的地方，司朴想起《不可撤销》这部电影，那个长达几分钟的通道里的镜头，那个通道的气氛，诡秘缺氧。

算了，就这样吧。司朴想这也许是自己的错误。自己从未明确表示自己多么想念他，从来都显得从容。自己尊重他的时间和安排，牺牲自己的冲动，不想打乱有秩序的一切。

问大家：一会儿有安排吗？没有就一起吃饭去。王玫和温小暖都说可以，就商量去吃日本料理。和女朋友在一起吧，无法回家面对寂静。司朴自己觉得自己可笑，见面就那么重要？这份感情的面貌是什么？有时候有点模糊，是必须有的吗，或者说是必须在乎的？黯然的时候，觉得人生很虚无，个人的这些天大的事情都是小小的玩笑而已。可是，司朴真的是想他的。

吃饭吃饭，不管其余。

后来晚上8点司朴就把手机关了。早早上床睡觉，黄林回来问：温泉不错吧？把人都泡酥了，这么早就困了。过来搂搂她，亲了脸颊一下，说：先睡，我在书房上会儿网。司朴居然很快就睡着了。

第二天起来，司朴有点不想打开手机。心里流转着一种委屈抑或是浅浅愤懑的情绪，其实这主要是对自己的失望，失望自己没有一个火热的性格，失望自己总是替别人着想，甚至失望了这些，还失望自己怎么能失望于这些，把一直保持的高度降低了。

这是不是一种病态？想得太多太过细腻。司朴想起有一次和一个个性张扬的画家聊天，这个画家面对司朴的淡泊，她画面的个人主义以及一种丝毫不着急成功也不羡慕别人成功的模样显得很担忧，说：你病得不轻。

司朴当时觉得非常好玩。是啊，人不可能和任何一个碰见的人都有畅通无阻的交流，有时候，甚至完全是黑夜。司朴觉得那画家挺好的，能折腾，这个社会需要折腾的人，有的人如果不折腾他会很难受，但有的人如果拼命折腾，他会难受。所以个人活个人的，这是社会的平衡，挺好的。司朴后来就没怎么说太多，内心的气氛要想有一点交感，那是不太容易的。

司朴想，她和阿易，有多少交感？其实也不是有太多的，年龄上，经历上，审美上，都有很多的不同。阿易更偏向理智，司朴是飘忽的。但因为他们中间有一种动人的男女之间的笼罩，并且大家都欣赏对方和自己的巨大不同，这就显得和谐。男女在一起，要有一点糊里糊涂的需求，不能很清晰地表述爱的理由，它在化学的范畴，化学的反应显得更像真理。

司朴起来。昨晚睡得早，但睡得似乎不太好，觉得头脑不清醒。就懒洋洋地靠在沙发上看电视，白天的电视比较烦，广告很长，那些广告也令人纳闷儿，情绪饱满，声音高亢，没完没了。就看中央10套，正在播一个什么自然奇观的发现探索的节目。10套的节目是不错的，最起码没有任何节目可看的时候，这里是一个能够停住的地方，科学的态度和稳重的配音，能够给人的情绪带来好的东西。

家里的电话响，司朴拿起来。黄林：怎么，还没起床？走的时候看你一动不动，昨天这么累？起了，手机忘了开。中午出来吃饭吧，有一个生意上的朋友，一起来聊聊。司朴不太爱参加黄林的活动，但今天的心情，正想找什么东西排解一下，或者叫躲避一下，就说：好吧。黄林说：我一会儿接你。别接了，我打的去吧。在哪儿啊？

司朴换好衣服，就出门了。吃完饭司朴还去邻近的商场逛了俩小时，非常顺利地买了两件衣服。回到家，下午5点了。心里那些弯弯已经非常模糊了，这就是时空的力量，任何东西在时间的面前都是无力的。

司朴打开手机，放在茶几上，过了一会儿，手机嘀嘀地响了几组信息的声音。

司朴拿起来看看，画院的一个朋友，通知一件事。王玫发来一条：史帅明天到，我跟他说了，他说后天请你们，想好地方啊。司朴回：好啊，没事，地方你自己订吧，不要太豪华了啊，祝你们见面幸福。

还有一条就是阿易,他问:打你手机关机。挺好吧。昨天一直忙。

司朴坐了一会儿,回:好着呢。你忙吧。

他不知道自己经历了一天一夜的情绪跌宕,他一直都那么拿得住她和自己。是啊,难道这不是应该的吗?司朴知道这是应该的,一天的事务消耗,也让她内心平静。是啊,这样不好,我知道自己应该怎么做,为了保全我需要的感觉,这样是对的。难道我要把它弄乱,把自己弄得魂不守舍,那才叫爱情吗?那是青春期的事情。现在,我们都是成年人,我知道稳定有序的意义。爱情中的稳定有序,也是一种方式。

司朴想起阿易曾经说,要拿得起放得下。她知道他是说给自己的,当然也是说给她的。那时候,司朴明显感觉到他的一往无前的激情和忐忑不安的担忧,所以他说,他是担忧打乱了生活等等的原貌。其实怎么样都是打乱了,要保持表面上的岿然不动,要付出很大的心力。他们办到了。司朴不知道他是不是真的拿得起放得下,反正看起来是这样。她自己呢,看起来也是这样。一切都是在内心悄悄反复。为了爱情的完美,两个人都有点摁着劲表现似的。这真好。

有一次,阿易还是有点失态了。当然可以怪罪于酒精的作用。也可以说是阿易借酒精来掩护自己。人的情绪,总有想泛滥的需要，不可能永远美好地平静流动。

那次司朴和一群朋友吃完晚饭，一起去天籁唱歌。8点多收到阿易的信息：我想见你。我现在去等你。司朴喜欢这样的信息，觉得动人。他是到那间平时很寂静的办公室里去了。但是司朴看见信息的时候已经过了半个小时。因为那天的情况，是不好早离开的，就回了一个：我也想你，在天籁唱歌。

就放下手机和大家一起玩，只不过心里略有些不踏实。阿易一般不是这样的肯定句。他总是问她有空吗，非常地彬彬有礼。所以这样带有霸道的不容分说的约会一般不会的。司朴如果没事的话，她是会立刻去的。

就没再见信息来。过了一会儿，司朴有点担心，就又发了一个：你好吗？在干吗？

没有答复。司朴想，既来之则安之吧，也不能总是因为他的时间来改变自己的活动。就放下手机了。

拿起话筒唱了一支歌，很久很久以前的《玻璃心》。现在唱这样的歌已经没有年轻时候的伤感了，仅仅是一支歌而已。真的是那些反复的忧伤、互相的折磨、爱好悲剧情节并亲自参与制造的幼稚，那都是年轻时候的爱好了。

司朴突然间明白自己为什么会和阿易有这样的故事，是因为她到了这个阶段，到了需要拥有稳定的友爱的能够把握的爱情的时候了。那些年轻的把戏，是有点可笑了。现在的爱情感觉，有另一种动人。这就是为什么日渐不喜欢听流行的情歌，日渐开始喜欢听老歌听民歌，听一些没有词汇的曲子。听流行的情歌实在成了一种情感上的小折磨了，感情开始有了真正的内核。不需要有漂亮的外衣细雨霏霏的情调来配合了。

过了一会儿，司朴拿起手机看了看，却看到：我在天籁208包房。

一看时间已经过去了十五分钟。司朴的心突跳了几下，站起来，大家正在鼓动一男一女两个朋友对唱，闹成一团。司朴就悄悄地开门出去。他们的包房在三楼。下到二楼，推开208的门，看见阿易坐在长长的沙发的中间，这是一个中

型包，阿易一个人在里面，看见司朴进来，仍然继续唱他正在唱的歌，很卖力地唱。司朴关上门，走过去，挨着他坐下来。阿易的身体坐得端端的，这是一首高昂的难度较大的歌。司朴很心酸，一个骄傲的矜持的男人，今天突然显得脆弱，他想见她，可是她没有准确感知他的程度，她仍旧轻描淡写地处理这个约会。司朴惊讶阿易会追到这里，他从来没有做过这样的事情，如果她说有事，他不会打搅她。

司朴靠着，把手伸出，环住他的腰。她闻见很大的酒味，伸出手摸摸阿易的脸，很烫。他喝了很多酒，开着车先去房子等她，她没来，然后他又开着车追来这里。司朴知道他今天一定有什么烦心的事情，他有点酒量，是一个仍旧很有自持力的人，纹丝不乱，包括头发包括衣服包括语言和行为。

今天阿易是出格了，司朴不问，就搂着他。他把那支歌没有唱完，身体软下来，说：我就想见到你，你到哪我都要找到你。司朴嗯了一声，在音乐的声音当中，只有自己听见了。静静坐了一会儿，阿易说：你有事，过去吧，我坐一会儿就走。不行，我送你回去。你喝酒了，不要开车。没事，我自己能把握。阿易又恢复了平时说话稳稳的那种模样。借着暗暗的光线，可以看见阿易的脸有点红，应该是喝了不少。司朴一般不问，他想说的时候会说的，司朴的理解是男人是需要安慰的，并不是多么需要听众。他们天生有一种独立的精神，那些烦心的事情能够独立地处理，尤其不会说给心爱的女人。也许过了很久，聊天，他会淡淡地聊一些已经过去的麻烦事，只是聊天。

司朴冲动着要陪阿易回去，但阿易说：不要了，不要耽误你的事情。他坚持着要自己走。

后来走了。司朴有点后悔。为什么自己不能满足自己的冲动呢？但司朴隐隐知道，这次动人的失态，到此为止，如果再发展，将失去这种隐忍的美感，回味的空间就狭窄了些。

半夜回家，在路上，司朴想，我们两个的审美还是有些共同的怪癖的，就在凉凉的夜风里微笑。

王玫给女朋友打电话说在川香馆见面，下午6点。

史帅昨天来了。这是史帅的家乡，但他很久没有回来了，父亲已离世，母亲跟他大哥住在北京。西安的房子已经卖掉。王玫陪着史帅一起去中学的校园看看，他们没有进去，校园的周围现在很开阔，已经建设成著名景区的一部分，因此校园的围墙也拆掉了，改成开放式的黑色栏杆。可以看见校园里的教学楼，花园，一草一木。

他们沿着铁栅栏走，史帅高高的个子，王玫走在旁边，觉得似乎又回到了中学时代。其实中学时代他们是没有这样的情景的，他们真正的开始是从史帅考上大学。他们的事情在中学里也是一个流传的事件。

那时候，王玫收到那么多的挂号信和电报，电报是开放式的，有时候史帅只是三个字：我爱你。大家都看见了，都传开了。老师也找王玫谈过话，王玫默默地低头，无话可说。心里是有一点奇异的骄傲的。她的史帅，曾经在中学里是个名人，同学们是羡慕她的。

那个时候，低估了脆弱的年龄带来的危害。但是，中学时代的这场恋情，现在这么多年过去了，又回到这个初始的地方，王玫是满意的。这是那个年月的故事，现在仍旧没有结束，经历了高峰低谷和激流，现在仍旧上演着，慢慢地朝着宽阔的地方展开。

在这个怀旧的地方，王玫不由自主想起很多难过纠缠的往事，当时的难过，揪心的折腾，现在仍旧能够回忆得起。真正的甜蜜是没有多少的，都让互相的折磨覆盖得体无完肤。现在终于，终于怀着他们期待的爱情的模样站在这里，终于发现，可以扔掉那些岁月中的丝丝缕缕的羁绊，不再想起。生出很深的感谢的心，王玫伸出手去拉住史帅的手，将身体朝他那边紧紧靠了靠。

又和史帅一起去她原来住过的家属院看看，现在已经是一片工地，正在打地基盖高的住宅楼。史帅说：真怀念那个绿树茵茵的院子，我在你家的楼下等过你多少次。你窗户对着的楼下那个花坛边，地上有一片方砖有一个缺口，那个缺口像一个兔子的长耳朵。真的啊，你可从来没有对我说过。我记得很清。你记得原来写给我的信里，历数我的十大表现良好和十大恶劣吗？记得啊。其实都是变着法地夸我呢。

回忆的气氛弥漫着，一直弥漫到酒店的大床上。于是性爱似乎和这些年的岁月一样长了。史帅缓慢地温存地体贴着，长长岁月中的内疚一同散发着，散发着，散发成一种心酸的味道，和身体的味道糅合，缓慢地到达却显得那么地不容易消失。这时候是接近黄昏，窗帘拉着，王玫一瞬间感觉不到时间段的清晰，觉得这段时间是个分离出来的盒子，只属于他们。

王玫再一次觉到这种感觉如何致命地决定着一份感情。

后来，不知道几点了，史帅起来，从钱包里拿出一张卡，再过来，俯下身，亲亲王玫的嘴，说：枚儿，你真漂亮。王玫躺在床上，知道这时候是一个女人最漂亮的时候，身体的芬芳被再一次酿造，带着葡萄酒的深红色。史帅将卡放在枕头上，说：枚儿，我没有给你买什么礼物，我现在又离你有距离。放一些咱们家的钱在你这里，你支配，我能放心点。

王玫拿起卡，在手上看着，然后将头缩进史帅的怀里，说：谢谢。终于有了接受的舒适感。史帅曾经为了表达内疚和担心，给王玫汇过钱，王玫当然是坚决地退了回去，那时候，王玫像受伤的鹿，警觉勇猛。

我是不是可以乱花啊?！当然了。我现在的任务就是挣钱让你乱花。

我真的突然这么幸福？王玫心里有点失真感，史帅就在她的身边，她接触着，温热激情的身体，是她的，是的。王玫闭上眼睛。她忘记了她身边还存在的一切。

包括，还是要回家的。史帅说：早点回去吧。

一起游泳，这对刚认识的男女来说，是一个暧昧无比的信号。

拾

司朴和温小暖对史帅都是赞扬有加的。见面的时候，史帅还给两人带了礼物，是一人一条丝巾。说：听王玫说起你们，知道你们是要好的朋友，所以我也觉得不陌生。一顿饭下来，史帅很得体，话不多不少，对几个女人照顾得都很殷勤。司朴注意到他的脸上那种独特的气质，后来对王玫说：史帅的眼神，一看就不是一般的人，这个男人，不管将来结果如何，值得你爱一场。小暖也说：哇噻，很有风度啊，我都不敢怎么说话！

是啊，王玫想起史帅在大学时，被评为学生会里最有风度先生，他应该不是一般意义上的帅，但他的超群气质轻易就凌驾于其他同学之上。就是这个最有风度的先生，轻易地获得那么多芳心，他有条件在美丽的大学校园极尽浪漫的故事。而王玫，本来就肩负着遥远的思念而产生的怯懦，她也很轻易地就崩溃了。

那个高三的寒假，史帅不是没有通知就站在她家楼下了吗？不是看见王玫和张毅力他们打闹而心生不快吗？不是表现了强烈的醋意吗？王玫不是因此获得了把握的愉快吗？她因为自己的男朋友那么在乎她而开心，而增加了自信，不是吗?！可是后来，王玫知道，当时建立起来的愉悦的把握，很快破碎了。

是那封该死的信。寒假里，有一天，史帅带王玫去他家，王玫碰见了史帅的母亲，王玫脸红红地叫了阿姨。她母亲挺和蔼的。史帅之后就把王玫拉进了自己的小屋，扣上门，立刻返身来抱住王玫，长久地接吻，直到王玫的脖子仰得都有点酸了。后来史帅的母亲在外面小声喊：史帅，出来拿点水果吃。声音也很和蔼。她并没有敲门，或者直接推门进来。她如果推门，就会发现门是反扣着的。当时王玫的心中就充满了感激，她觉得史帅的母亲给予了孩子足够的尊重，让她也不会太过惊慌。毕竟她还在中学，还在早恋的范围之内。

不过也许史帅是男孩子吧，所以做母亲的不会太担心。王玫还是感觉到史帅在家里作为孩子有一种和家长很平等的感觉。她更加骄傲，觉得自己的男朋友与众不同。她脸红红地坐在史帅的单人床上，一直没有太讲话。中间史帅出去和母亲说着什么。王玫就无心地拿起桌上的一个笔记本翻着，好像是史帅写的一些大学的断断续续的记事。中间夹着一张信纸，双折着，信纸很薄，能够透出一些笔迹。王玫心中并没有多想什么，好奇地打开来看：亲爱的史帅。

信纸的顶端是这样写着。这当然不是王玫的笔迹。王玫看清楚了，心里猛然一阵狂跳。下意识地朝下看去，似乎是看见了几句好像是：我们的学校如此近，我还是嫌它远，不能让我天天见到你，等等什么，好像还有：我怀念你的怀抱，它让我永远不想挣脱。等等。

王玫的眼睛已经被模糊住了，越急越看不清。心脏被大浪扑打着，很疼很麻。以至于根本没有注意到史帅进来，站在自己的身边，并且轻轻地抽走本子和那页纸。剩下王玫保持着原来瞪着眼的姿势，瞪着面前的桌子。史帅同样轻轻拉过王玫，将她的头轻轻靠在他的腹部。她靠上去，觉得好暖和，觉得想闭上眼睡。猛地，她用力挣脱，眼泪一下子涌了出来。

史帅拉过她说：枚儿，听我说，那不是爱，那是人大的一个女孩子，有一次搞活动认识，我觉得有哪里很像你，我很想你，就拥抱了她。只是这样，枚儿，我很爱你。相信我。

王玫那时候的年龄，是非此即彼的年龄，是大是大非的年龄，除过爱，那就是不爱，哪有什么其余的划分？她伤心至极，也困惑至极，初恋的神圣感觉一瞬间就轰塌了。史帅怎样解释，王玫都是听不进去的。前几天还在说自己和同学的行为有点不好，其实他在大学里居然是这样的，他拥抱别人，另一个女孩子把他叫作亲爱的史帅。

王玫不知道自己是怎么离开的，她觉得离开的时候，世界都变了。

她哭着到一个小时候一起长大的姐妹那里，她们没有在一个学校上过学，所以很安全。王玫曾经让她看过史帅的信，她很羡慕。姐妹陪着她哭，也不知道说什么好。那个年龄没有人能够承担这样的事故，可以叫作事故吧。初次的爱情中初次的事故。王玫哭了很久，后来觉得没有力气了。姐妹说：王玫，别哭了，好好考大学，考上找个更能干的，气死他！

这是当时她们的智力，但也能够起作用。王玫就回家了。晚上居然破天荒地做了两套模拟题。

这很怪。王玫突然觉得史帅的光芒对于她是不是难以承受，她的潜意识里可能觉得自己驾驭不了，所以一触即发。觉得完全失去了，突然有点轻松。不，又觉得心痛之极，她爱他。不知道，总之是不可能了，他怎么能够拥抱别的女孩子！她看到“亲爱的”那刺眼的三个字。不可能了，不可能再见他。

寒假里，史帅是费尽了心思要挽回王玫的心。天天到王玫的窗户底下等着。王玫就早早去同学家学习。春节王玫和父母去姥姥家了，不知道史帅等没等。总之，回来后，王玫再没见到他。心里很空落，但这种事是不可能原谅的。就郁郁寡欢地学习。

后来史帅在西安上大学的中学同学耿金给王玫送来一封信，说：史帅回北京了。耿金走的时候说：王玫，其实史帅真的是挺爱你的。他给我说的时候，都哭了。

王玫一听这话，也哭了，对耿金说：你不知道，他在北京……哽咽着没说下去。王玫知道自己是爱史帅的，心里很痛。但想起那封别人的信，心里更痛。

一个短短的寒假，就这样结束了。王玫很难过，上学的时候脸色灰灰的，那些讨厌的卷子也是灰灰的。

现在重新在一起了，知道这是青春的时候的一些小插曲。如果王玫不看见那封信，不就有了一个愉快的假期吗？没有看见的话，不就不知道吗？那个女孩子是喜欢史帅的，可是史帅也许真是因为感动和一时间的沉浸拥抱了她，这是可以原谅的。事实证明史帅和那个女孩子在后来也并没有更深的故事。但和这个女孩子没有，仍然不断地有其他的女孩子，不管是真是假，在过程中都扮演着迎头巨石的作用。

成长就是消解一些非此即彼的观念，就是磨掉一些硬刺。总是要慢慢地以一些代价来获得。王玫的代价就是和史帅越来越远了。

司朴见到王玫和史帅在一起的情景，也挺感动的。好几天没有见到阿易了，去温泉前后的情绪折腾，反正是没有见面。司朴看着他们,觉得爱一个人真不容易,在心里折腾那些细微的事情,有什么意义呢?轻松地给予温暖获取温暖,这是最简洁的,其余的,都不涉及。都尽量刀枪不入。主动约阿易,说:见面吧。阿易说:好。大家都有一种用过劲后的松懈。所以见面显得很温情。

在阿易的那间办公室,有漂亮的水果和茶。司朴坐在里间的床上,抱着半个木瓜,金黄的糯软的口味,真好。

而后来的拥抱和缠绵也显得糯软甜蜜,司朴甚至在高潮时听见了阿易轻微的哼叫声。他从来都是很安静的,即便最后的激情,也只是让司朴感觉到他身体的悸动。司朴很心动,她没有说话,她怀中的男人,一定是有过短暂尖锐的快感,让他短暂尖锐地失声,也让她获得更好的满足。性爱是无限美好的,前提是你们能够实现无限美好。司朴觉得和阿易是实现了,他那么洁净,自持,专一,体贴。这是可以属于她的,不知道会有多久,司朴问:我们可以好多久啊?永远。阿易说。这是一个男人对一个女人美好的回答。可是司朴知道,没有任何感情可以永远。但是,司朴愿意拥有这个男人的时候,尽情地珍爱他,以后,谁也控制不住以后的事情。

他们依靠着,一人点一支烟。这个时候的时光是袅袅升腾的,就如同烟的走向。绕着两个人,谁都不讲话。能够不讲话,能够在不讲话的时候感觉心心相印,是多么好的事情。一个强有力的男人能够让一个女人不断变得傻去，司朴发现。阿易就经常在语言上逗司朴，把司朴装到袋子里去。司朴就扑上去打他：你欺负我！

阿易的电话响了。一看号码，说：老婆打的，我接一下。司朴点点头。

说：我还有点事，你们去吧。

说：没关系，别担心。好的。

很稳很沉着。这就对了，司朴希望这样，这是他的家。我是他内心的秘密。他也是我内心的秘密。司朴很少想起他的妻子，这时候的一个电话，也没能令她有什么不适。司朴分得很清，也不愿意谈论这些。很偶尔地，大家会提到家里的什么字眼。其实在他们见面的时候，世界是基本封闭的，一间屋子，两个言语不多、互相珍爱的人。封闭的世界就不需要其余什么，他的家，她的家，那都是很模糊的事情，是不构成因素的事情，不会影响什么，不是一个世界中的事情。

司朴感知到阿易的家庭应该是相处良好的，因为他是一个责任心很厚重的人，细腻冷峻，不声不响地做好他应该做的事情，或者一个男人并不需要做的事情。司朴只是有点羡慕他身边的女人，那是个有福气的女人。能够有一个男人，他比较男人，没有庸俗发福的气息，他思想独特表达含蓄，他同时又适时细腻含情，他一直向前，偶尔有一点很难看出的忧郁。这很迷人，接近完美。司朴不知道他的老婆是什么类型，也难以想象阿易在家是什么样子。她曾经想象过，不得而终，觉得自己挺幼稚的。就很少能再想起什么了。每一次见面，专心以对，这时候，一种感激的、激情的东西在纯洁地流动。是的，纯洁，司朴觉得他们中间是有这个词的意境的。没有任何可供宣传的欲望和资本。这是一个终身的秘密。

司朴知道，作为夫妻，是很难修来的缘分。这是不可抗拒的。即便有时候两个人并没有多少生生死死的情感，但作为夫妻，因为缘分而显得坚固。但是人生中，还是有着另外的情感，不能以婚姻的形式存储起来。

伤害婚姻了吗？司朴觉得没有。似乎这样一种情感的出现，让人更加明白珍惜的可贵，大家在认识上的共识，让人更加知道一个家意味着什么。

司朴曾经说，一个好的婚姻状态，也许才是婚外情的可能产生的基础，不然，两败俱伤。这两个相辅相成。不辅不成，都会很难受。

有人哗然。当然了，确实是大逆不道的说法。司朴笑笑，说：开玩笑的。其实她的心里有着奇怪的理解力，隐隐觉得这都是大家不愿承认的真理。

上次认识一个姐姐，四十出头了，孩子上初中，司朴承认她依旧漂亮精神，会收拾自己。朋友们聚会，就见了好几次，聊得也挺好。几个月后，司朴见到姐姐，她很愤懑，因为愤懑将自己弄得面目有点不可爱了。她说：让我发现了！老公有了外遇。她说：什么呀，恶心死了，找了个那么难看的人，五大三粗的，跟我简直不能比！

司朴开玩笑说：那如果他找一个比你漂亮能干的，你就踏实了?!姐姐打了她一拳。

司朴总想，如果因为自己的优秀，而判定对方不会有什么外遇的话，那就太没有理解力了。劝姐姐好好地理智地处理这个问题，但姐姐很决绝，最后离婚了。

司朴觉得遗憾，说：我觉得你会后悔。姐姐说：我才不会，我要找一个比他好得多的，还是很容易的！

结果呢，半年后，见到姐姐，很憔悴。语气也不那么硬朗了。因为孩子的问题，他们也还见面，也还混同着复杂的感情，有时候还做爱。老公要复婚，说自己错了，也没想和那人怎样。姐姐又咽不下这口气。司朴说：是这样，你不要将问题集中在他和别人如何的问题上，你要考虑自己究竟还爱他吗，自己是不是还需要他。姐姐说：是需要，但，我的心里太不平衡了。慢慢地就好了，司朴说。司朴觉得时间是个最好的良药，随着时间，以往拘泥的东西会慢慢打开，会增加很多好的想法，和越来越舒适的感觉。

集中在自己身上的感觉是好的，不要放任这些，让别人的行为来伤害自己。

司朴知道自己也是慢慢才浮现的这些。在自己的感情故事中，曾经也是纠缠难过，伤心痛苦。只是司朴不善于发泄，或者说取闹，她总是一个人在心里咀嚼，总觉得事情应该有更好的解决，她就咀嚼着等待，很好，等待或长或久的时间，有些，就懂了。在懂的那一天，难受，就彻底远离了。

人总是面临别人的问题时，是清醒而冷静的，自己，司朴知道，并不像自己心里感知的那样脱俗。

温小暖最近有点疑惑，可是也没有时间去想什么。她要上班、回家，还要到公寓和赵建设约会，角色太多，虽然家里有李志峰忙里忙外，孩子自己也只是有空了陪陪。李志峰是个好爸爸。小暖觉得自己挺幸福的，拥有两个不同的男人，各人自司其责，一个顾家，一个挣钱养她，自己美着呢。原先和李志峰也是踏踏实实过日子，自己也是准备把这种小日子过下去，计划着花钱，做饭存钱什么。可是后来认识了赵建设。他们是在一次无关的饭局上认识的，赵建设是别人领来的，小暖也是别人领来的，完了赵建设有车，就送几个女孩子，温小暖家最远，所以最后车上就剩他们两个。为了打破寂静，就找话说。赵建设问：做什么工作？小暖说：一般职员呗。问：你呢？赵建设说：我自己干。后来温小暖知道，赵建设干得很不错，每年有稳定的百八十万的收入，也不是太忙。赵建设送她回家之后几天，有一天小暖接到电话，那天最后他们还互留了电话。赵建设在那边说：还记得我不？赵建设，能请你吃顿饭吗？留电话号码的时候，小暖就感觉到这个男人的用心，现在又打电话来，又没别人，小暖想，去不去呢？犹豫了几秒，就想，为什么不去，平时的生活也挺平淡的，再说，只是吃饭嘛，人家又没表示什么，我担忧什么。

那时候还有一点担忧，隐隐觉得这样和一个刚认识的男人出去吃饭是不好的。那时候还有一点传统的阻碍。

赵建设把她带到离城有一段距离的度假村，吃饭时小暖看清赵建设是个眉清目秀的人，那天晚上送她回来天黑，在车上，也没太看清楚。还挺文气的。他们吃着饭，随便说着话。赵建设也比较直接，问小暖结婚了没，丈夫怎样，孩子怎样。小暖也就问问他。他说自己婚姻并不是太好，妻子不是多么关心他，也没什么浪漫情调，就是为了孩子和老人，凑合呗。

第一次吃饭就说这些，有着明显的信号。赵建设也不掩饰，说：我那天见你，感觉挺好的，如果你不反对，咱们交个朋友。

小暖没说话，不知道该怎样回答。对这个赵建设，才是第二次见面，小暖不知道前面是什么。虽然看上去这个人挺好的，但毕竟很不了解。而且和李志峰，他们挺好的。孩子还不到一岁。赵建设还说：你看着根本就不像生过孩子的人，有腰身，又挺丰满的。小暖听着又高兴又不适应。在她的生活当中，还没有出现过如此的意外人物，她一直都是平稳平淡的。她不知道自己骨子里其实不是这样，只是机会还没有出现。

这个赵建设的出现就是一个机会。小暖当天没说什么，回去时，赵建设送她一根细细的白金手链，她没有拒绝。她还没有这样的漂亮东西。在她的生活中，以往并不知道自己看见这样的东西也会心脏乱跳。

小暖就开始一直心神不宁。过了两天，赵建设约她去游泳，她也去了。一起游泳，这对刚认识的男女来说，是一个暧昧无比的信号。

小暖只是单位组织游泳时下过水，学会一点蛙泳的姿势，还基本掌握不了。这给了赵建设无限的好机会。初识的男女，男的给女的教游泳，怎么样以教练的身份都要有肌肤的碰撞，而且表面上光明正大。大家心里都觉得异样，但是表面上都很拿得住，这是在教游泳嘛。赵建设说：不过你身材真是挺好的，有女人味。话到此为止，大家都觉到明显的渴望。赵建设游泳非常地好，在游泳池里给小暖表演了两圈蛙泳自由泳，说：怎么样，我这个教练还合格吧？小暖说：不过我很笨。赵建设说：没关系，我有耐心。后来在一起了后，小暖说：你有个屁耐心，你有的是追我的耐心！赵建设说：就是的，我就是明着要追你，你干吗不拒绝啊？一点都不矜持。小暖打他，矜持，矜持咱们能有今天，美得你！

赵建设教游泳，手自然是在水中轻轻托住小暖的腹部，让她感觉蛙泳的姿势，有时候也拨拉拨拉腿，教她一伸一缩的姿势，除此之外，也没有再严重的举动。虽然目的明确心有想法，但赵建设还算是一个认真的人。这一点小暖觉得还好。两人在游泳的过程中都带着怪怪的一些不自然，毕竟认识才几天时间。小暖脑子里蒙蒙的，不知道自己在干什么，稀里糊涂的，她也没办法停下来，不知道怎样拒绝赵建设的提议，她应该说：不了，我有事。但她还是来了，并且让赵建设以明确的目的教她游泳。现在这个时候，小暖觉得得赶紧停下来，她应该说：我该走了，出来时间太长了。可是这句话在心里盘算来盘算去，还是没有说出来。赵建设说：累了咱们下次再游，我请你吃饭。想好的应该说的话没有说出来，说出来的是：那，好吧。

小暖对自己也很奇怪。自己怎么是这样一个人，好像等着要出轨似的。小暖的生活太平静了，也没有什么意外的乐趣，丈夫李志峰很好也很闷。现在有一个男人对自己明确展开追求，对任何一个女人来说，哦，应该说，特别对一个很少能接触社会上别的男人的女人来说，再加上别的男人对自己这么喜欢，心里应该是有着自己都分辨不清的虚荣心，这份虚荣心证明着自己的魅力，哪个人不喜欢知道别人对自己的喜欢呢？哪个人知道后能够坐视不管呢？

吃饭去的路上，在车上，小暖定了定神，给李志峰发了个信息，撒了个小谎，说晚回去一些。好在李志峰是个靠得住的人，她在不在的时候，他都喜欢弄家里那一套，把家收拾得干干净净的。现在有孩子了，更是勤快了。李志峰回信息说：那我带宝宝去爷爷家，他们想孩子了。

于是，第三顿饭开始了。第一顿饭是一群人；第二顿饭是试探；现在的第三顿饭，小暖没有表示拒绝，这给了赵建设信心，他请她去了高新区一个非常好的粤菜馆，要了一瓶红酒。小暖也不是太来这样的高档酒店用餐，心里悄悄觉得，还是挺好的。一个有钱的男人，一个有车的男人，一个喜欢她的男人，可以给她的生活带来变化，他送她手链，他带她去高级的地方，这些，小暖平时是很难开拓的。

很难开拓的东西突然变得容易，人当然挡不住那种诱惑。这是小暖给自己找的说法。何况，赵建设不是社会上那种花花公子的样子，他虽然很直接，但是认真的。他就是想找一个除过婚姻之外的女人，能够让他得到适宜的感情和性，不然，婚姻已经是那个样子，也不能打破也没有力气打破，这样的关系最好。赵建设在经济上有些自信，虽然不是什么大鳄，但还是绰绰有余的。温小暖一看就是那种一直过着平常日子的女人，有一些虚荣心但也不是多么膨胀，这样的最好。所以，赵建设花了一点心思，先是给她送了一条手链，看她没有拒绝，心里松了一口气。对于温小暖，赵建设一开始就有一种冲动，她的身体看起来不失苗条又很饱满，赵建设一直心里怦怦跳着，按捺着自己的渴望。这第三顿饭，赵建设给小暖点了鲍鱼，这是小暖第一次吃鲍鱼，这毕竟也是一种幸福的感觉，498元一份，昂贵的价格说明一种重视的问题。小暖觉得钱真是个好东西，可以随心所欲。自己的生活虽然也没觉得缺什么，还是计划性的。现在她觉得自己缺的很多，比如她得到的手链，她没吃过的鲍鱼，她方便乘坐的汽车等等，小暖不知道后面还有什么不曾有过的东西，但她觉得这好像是一条有着彩虹的路了。她发现自己其实很容易变坏，一转念想，为什么不呢？我现在还年轻，为什么不替自己考虑？李志峰虽然是个好丈夫，但他没钱，他给她的是平稳的温饱生活，小暖也想有更多的，出入高档的地方，买贵的衣服，不再在商场里看见喜欢的东西先看价钱。

小暖心里悄悄起着变化，一顿饭吃得挺愉快的。随便聊聊，时间很快。后来赵建设举起红酒杯，说：来，碰一下，我说的事情你考虑考虑，我会对你好的。

抿了一口，又说：我也不会影响你的家庭。这你放心。因为我也不能离婚。

拿出一张金花商厦的储值卡，这是这个城市里最高档的商场。他说：这里面有一万块钱，也不多，你去看看自己有什么需要的。

小暖后来逛金花，兜里揣着那张卡，第一次在这样的商场里有了自信，第一次自信地看衣服等等，第一次和这里冷冰冰的服务生大方地说话。而且，这兜里的钱，小暖是可以随便地花的，不用商量不用节约。小暖坐在商场供人休息的漂亮凳子上，看偶尔走过的也是冷冰冰的漂亮的购物的女人，想，我为什么不能加入这个队伍呢？看着对面镜子里的自己，因为一个有钱的男人的追求，小暖头一次觉得自己的脸挺好看的。

她总觉得很多东西说出来似乎很泄劲，她享受独守事件的心情，觉得非常地过瘾，不在乎有没有人知道，主观上也不愿意有人知道，那样还得遭到询问和关心，这很烦乱。

拾壹

天气开始转凉了。小暖穿了刚买的一件咖啡色的短风衣，中午到公寓去。早晨走的时候，李志峰带着孩子骑着电动车走了。走的时候李志峰转过头来问：今天周末，晚上我带孩子去爷爷家，你去不？小暖说：我不去了吧，今天下班后可能同事叫吃饭呢。那好吧，那我们就去了。

小暖是想着反正周末没事，她下午准备溜掉，李志峰回他家的话，她就可以和赵建设多黏糊一会儿。

中午到公寓的时候，赵建设已经在厨房里忙乎了，他倒是有兴趣做做饭什么，只要事情不多，就买点菜早点来。因为小暖还上班，所以总是不好多次早退。小暖边换鞋边说：嗯，真香啊，辛苦老公了！

他们之间一直以老公老婆相称，一副过日子的模样，即便在司朴王玫这两个知情人的面前，也是老公老婆地叫。大家习惯了他们的肉麻，也无所谓。总之，女人之间的坦诚和秘密确实有时候是可靠的，而且，小暖和赵建设之间的亲密，不是可以大白于天下的事情，所以在有限的朋友范围内倒是可以尽情一点，他们也需要知情人，不然似乎也显得无趣。

所以世界上的事情是有性格的，这个事情的性格和主人的性格有关。温小暖是这样的，如果没有知情人，估计会窒息而死。但是司朴呢，却对有些事情有着严格的态度。她总觉得很多东西说出来似乎很泄劲，她享受独守事件的心情，觉得非常地过瘾，不在乎有没有人知道，主观上也不愿意有人知道，那样还得遭到询问和关心，这很烦乱。

司朴觉得温小暖这样的性格也挺好的，没有什么重量压在心上，生活中平衡的心态也让人佩服，并没有什么歉疚感，为自己活。

其实说到底，每个人都是为自己而活，谁也不能代替自己，自己也不能代替别人。每天我们吃的喝的看的闻的，我们的病痛，我们的舒适，包括我们的爱情，其实都是自己的。爱情，和对面摆在我们面前的美味一样，热气腾腾，那就是一个对象，在那里，我们获得要的感觉。我们爱别人，照顾别人，心疼别人，实际上这是我们自己的需求，我们需要被需要，需要得到心理上的满足，都以为自己行为高尚，实际上是最实际的目的。这就是人啊，人生的模样。

司朴看着电脑邮箱里：

> 小朴，好！忙碌一天，该回去了，没有什么实质内容，但是一个心情和态度。自己保重！祝晚安！

这是阿易发来的信。虽然只有寥寥几句，但司朴已经盯着它很久了。一般阿易是不回信的，司朴在邮箱里写点东西也是自言自语，并没有指望能得到什么回信。偶尔阿易会写短短的几句，像这样的。司朴觉得自己啰里啰嗦在邮箱里写过的那些喃喃自语，一下子就被简单的几句话封杀了，她想笑。这就是一个有稳度的男人和一个漫天挥洒小情绪的女人的较量。

这时候已是夜半了，司朴看看表，快12点了。就点了“回复”。在文档框里敲打着：

> 刚从环城路自西向东，一个人，车开得很慢。到巷口时，突然想起第二次见面，你顺路送我回家，开得也很慢很慢，沿着慢车道。车里似乎有一种缓慢生长的藤蔓的味道，那是一个夜里。慢慢想起很多，细节。心口酸到极点，眼睛就下雨了。你好吗？这么晚才忙完，好好休息。晚安。

突然想念很盛。黄林在卧室看电视，喊了一声：小朴，该睡觉了。司朴慌忙哎了一声，说：很快就好。她打开阿易公司的网站，打开他的照片，照片上有一点微微的笑意，眼神冷峻清亮。司朴对视着，这时候对面的人有一种淡淡的虚幻感。司朴想不起温度，想不起绞缠时的活生生的温度。但一张屏幕上的照片，在夜里像星星一样明亮和遥远，也许他们的感情，就是生活的夜空里一颗星星，在夜里，它才会出现。但谁不需要经常仰望天空来印证自己内心的那些高远的东西呢？我们需要经常仰望星空，这是一句具有诗意的哲学意味的话语。

司朴在一种不能回神的情绪下关了电脑，好像把阿易放进了黑幕的后面。她过去躺在黄林的身边，黄林靠在床头看着电视，将手放在司朴的脸颊上摩挲着。司朴闭上眼睛，感觉安宁。她和黄林是友爱的，性爱，并不是太多，但还算感觉良好，互相没有压力，顺其自然。但是，性爱，大家都知道，是需要陌生感的，因为性爱中的悸动和交缠，不需要秩序。

司朴想着，内心悄悄泛起一些潮水。她没有动，黄林的手移到她的胸上，她仍然没有动。她不能混同两个人的气息，这很隐秘。慢慢地就睡着了，她拉着黄林的手，在进入梦乡之前，想着，这是她的男人吗？应该是的，在温暖的家里。

还有一颗星星，在梦乡出现。

记得和阿易有了床上之事不久，阿易有一次突然问了一个问题，说：这个事，你们一周几次啊？司朴愣了一下，笑了，说：我不会回答你这样的问题。阿易说：哎呀，我想知道。

司朴有点理解男人的共同的一种不能说是幼稚的感觉，他们在这种事情上，有一种本质的在乎。司朴就开玩笑，说：我又没问你。不然你先回答我？

司朴是不想把一些具体的信息投注在他们之间的世界里，他们就是他们，和谁都没有关系。阿易问这个问题的时候，略微有一点撒娇的表情，司朴觉得好玩。最终没有再讨论这个问题，阿易也再没有问过。

司朴却在激情之中，说：不许你和别的女人这样，要不然我杀了你。阿易愉快地嗯。其实都知道这是一句游戏的话，情绪是真的，可是事情不能当真，也无法当真。这个女人是谁呢，包括他的老婆吗？他不可能在认识她之后，就和老婆不做这事。是除过她另外的女人吗？司朴不干涉他任何的事情，即便有，也无从可知。所以，司朴深深地知道，很多事情只能在乎自己的感受和存在的意义，其余的，看似和自己有某种联系的，在某一条无形的线上关联着的，其实，对于自己的痛痒，无关什么重要的东西，甚至，可以说是没有任何意义。

秋天还是来了。凉凉的风吹着，叶子开始有点不能自持，偶尔开始跟着风旋转。慢慢就会多起来，慢慢就会在地面落上一层。那时候，是让人无限感动的时候，接近自然的荣衰，踏上去，亲自参与一种叶柄大面积断裂深入泥土的声音。那种声音代表一种幸福，已经经历过的幸福，也许还有来年的幸福。

司朴喜欢之极有关树的一切。树林、树叶、任何树木的站立。她想过最好的丧葬方式就是树葬，不过还没有替自己遥远的将来选择什么样的树种。将一小撮骨灰埋在一棵树苗的根部，作为它的营养，让它壮大，沐浴阳光和雨水，让自己的灵魂顺着树干站上树端，还可以迎风摇曳。在世界上留着的自己的朋友和亲人，还可以和这棵树说话，可以在树下小坐，喝点啤酒，可以靠着树干，用一只手来搂着这棵树。

司朴有时候想想，会是谁经常来这里坐坐呢？不考虑谁先离去的问题，黄林吗？是啊，会来的，来看他曾经的妻子，一个友爱的伴侣。阿易会来吗？会的，司朴想，他可能会找一个寂寥的时间，坐在树下，回忆那些久远的久远的故事中的情节，一个女人的非常远的气息。

所以，司朴想，我们不会走太远的，我们可能面临的就是分开，因为都是追求完美感觉的人。我们在一起，就是寻找一种脱俗的激情的混同着感知的东西，那么这些东西和时间，和日渐熟悉，和坚固的各自后面的婚姻，都是敌人。任何一个都会对它产生一些损耗，在最初，它高高地站立在这一切的上面，慢慢地，气息就弱了，慢慢地其余的都清晰地浮现出来，用一根小小的鞭子轻轻抽打着这一份没有太多烟火的感情，它很快会难过的。两个人还会坚持着用毅力保持着，但是，不是当初的自然萌发了。

都会难过。

但是怎么好呢？大家舍不得离开。它很美好，从很美好开始，不能知道它最终会滑向不如人意的地方，就不让它开始。每个人都知道自己最终要死，还不是好好地活着。

看谁能终止它于盛极而衰的路上，那么，还会有一些没有释放完的情绪，它会在未来的岁月里让人唏嘘，让人生出怀念留恋的心。

为什么就不能再长久一些呢？是啊，大家都对这份感情要求太高了。婚姻经历了很多时段，加上婚姻的保证和约束，拼命向和解的方向走着，最终成功的婚姻都走过来了，损失了激情，但变得坚固无比，这种坚固是可以和一辈子抗衡的，并且，可以和其他的敌人抗衡。对于另一份情感的要求，也许就是这里面的遗憾的补充，但是，正因为如此，它太脆弱。

在第四个秋天来临的时候，司朴深深地觉到了这一点。她有点郁闷，但他们还是该见面就见面，只是明显地，司朴知道很多东西变了，他们做爱，像是见面的任务一样。不做的话，说不过去，做的话，有点认真了。这个认真让司朴烦恼，性爱是不需要脑子考虑的，所以，他们已经腾出脑子来考虑一些问题，看来期限临近了，谁都不愿意说这些，提起这些，因为都在心里挣扎和怀疑。这么好的感觉，寿命就这么长的时间吗？

经过了一段时间的这样的日子，司朴知道阿易是不会说什么的，他会一如既往地对她好，甚至司朴在这样的情绪下，有一次无理取闹，就不让他回家，本来他回家是说好了的，他还是哄着司朴，给家里打了电话，陪着她。司朴越发懊恼。

所以司朴在秋天的这一天，刚刚下过一场雨，躺在床上，就在计划新的一周的事情。司朴觉得不想这样下去了，她的生活有点不符合自己的要求。她要重新整理，很久没有好好画画，没有清晰的有关这方面的考虑。

最近有很多次，司朴想表达这样的意思，都没有说出口。面对阿易的时候，她是心疼的，她爱这个男人。

所以，司朴不想让这种感觉顺着不能控制的方向牺牲，她决定，要做这个恶人。阿易也是心疼她的，所以他不会说，司朴知道。由她说出来可能会好一些。

这是周一。司朴发了一个信息：祝你有愉快轻松的一周。

半个小时以后，阿易的电话打过来，说：中午？

司朴笑嘻嘻地说：这一周，我们不见了，好不好？你最近太累，好好休息。

阿易在那边说：不行，我不同意。

可以的，我们试试十天不见，好不好？你一定会轻松的。

阿易听出来意思了，急忙说：不行，不行。我是下来几天都有事，所以今天要见你。

不见了，好不好？你忙你的事情。

我找你去了！

别来，真的。听我的，你真的会轻松一点。

你不想见我？

不想。司朴说。

好吧。

司朴就挂了电话。

知道那边是意会的。司朴挂了电话，泪流满面。但是，真的，难过的背后还是觉到一点轻松。爱，有时候还是很有重量的，再压上些湿重的云，是有点难过。

司朴愣愣地坐了一会儿，发了一条信息给他：我诚恳之于你提议，是因为时间流逝印在人心上的无奈，我最近有所感觉，不想让你有所敷衍。我们略微停一停，你会轻松。爱着你。

没有回音。也没有司朴隐隐期待的不理智的追击。司朴想，我是说到大家的心里了，就这样吧，能怎样呢？突然是如此地无力，一份经历了几年的经历，突然真的无力。

中午，阿易的信息过来：良苦用心一片，我自明了。自然规律存在，人可驾驭。温馨港湾唯一，唯有珍惜。

司朴那时候正在商场，因为心里难过，所以要以行动缓冲一下，一种在移动中的哭泣是拯救心情的好方法，这是在某一个小说上看到的话，觉得很好。是啊，不能站在原地无力地哭泣。所以司朴去逛商场，也不想约朋友。

信息过来，司朴看了，心里是清明的凉意，我们都懂，所以这是必须的。

司朴想,两个都处于某一种思维状态的人其实是麻烦的,他们都太懂。张爱玲说:因为懂得,所以慈悲。这句话说得很好。可是因为懂得,也产生了很多不冲突的可能,产生了无边的凉意。热度有时候是因为两个不同的物种,矛盾斗争产生摩擦,然后有了热量。这也很迷人,没办法彻底了解和改变对方,但足够有热量。

司朴和阿易,两个充满着理解空间的人,就像孤独的一个车站,只有风不大不小地刮着,连陪伴着渡过难关的可能都不存在。为什么呢?因为如果在一起,他们仍是爱的,会任由这爱滑下去,滑到令他们沮丧的他们不愿意的温吞状态。

司朴对阿易的接招显得有点气恼,他为什么不强硬地来找自己呢?他当然也是这样感觉的,只不过由司朴说了这段清晰的表达。所以他这也是一段维护。司朴知道,可是司朴是女人,她也有着任性混乱的那些,希望阿易能够打破她的建议,一把把她打倒,说:你这个傻瓜!

可是,阿易和她一样清醒,只是象征性地表达了一下不行不行,然后就做他的事情去了。这让她更加难过。

买完衣服的第二天。司朴在家,想画画,内心充满着表达的欲望。看来失恋是做事的动力和源泉啊，这当然算是某种程度上的失恋。司朴坐在她的宽大的沙发上，点根烟，烟拿在手上，飘着，好像很难把握这一种复杂的情绪。司朴很难过，想哭，终于深深地吸了口烟，将发酸的心口用力推了回去。她想他。真的，这一瞬间，多么想他。司朴想自己为什么要发那个信息呢，自己不是都感觉了很长一段时间了吗？为什么要发这个信息，为什么不能顺其自然？让一切都生长到它自己的边沿，看看那是什么样子，那不是也挺有意思。

我们都太要求完美了，这是个逃不出的东西，因为我们不是婚姻，我们就是冲着生活中无法实现的完美来的，我们在彼此之间寻找完美，来平衡我们生活中的真实的不完美。司朴知道阿易的星座是处女座，那个星座最突出的特征就是追求完美。

但阿易是仁慈的，他不说。

他不说我也知道，司朴知道。慢慢地，他们在一起，就不是那么迫不及待了，他们吃东西，谈话，躺在床上，抽一根两根烟。司朴有时候想，这样也好，不一定每次非得做。可是他们都做了。好像做了才能交代过去。阿易是男人，对于男人来说，这代表着很重要的东西，即便不是多么地性趣浓厚，不做的话也是一种打击，但是司朴想，我们就躺着，很友爱，也挺好的。我们都想了再做，多好。可是，怎么来确定呢？司朴不知道阿易是想还是不想，所以每一次就配合着，每一次都是完整的约会吧。

聊天，上床，分别。这种程式和秩序，犹疑了司朴的心情。

司朴明显感觉的是阿易在一场性爱中的细微的东西，他只有很少的悸动了，他像一个很有把握能力的战士。

就是这些，这些足以说明。司朴知道，他们滑走了。他们在时间的面前败下阵去。轻轻的还带着温存，可是一摸脸，什么时候流的眼泪，有点凉凉的。

中午司朴很困倦，一早晨就是发愣，什么也没有去画，一种情绪总得降落，才能有所固定。就躺在沙发上看影碟，很不容易随着剧情前进。《情迷六月花》，混同着才华、罪恶、同性之爱的一部片子，司朴因为不专心，并没有完全看明白情节，但影片带着的一点慵懒的无奈的忧伤的积极，对未知的一种探索，对探索过去的一种失落，这些，配合着司朴的情绪。慢慢睡着了。

睡着的情景真美。司朴恍惚中看见很多过去。他们的第一次，他们认识的第二个11月17日，他们在一起。当时他们是什么也没有做成，但司朴觉到纯洁。今天看的《情迷六月天》，那个精灵的有才气的年轻的女贵族，一直在寻找背叛她那种有规矩的生活的事情，她和贫穷有魅力的作家做爱，她说：我看到了纯洁。她和作家的美艳的妻子亲昵，她说：我看到了纯洁。

司朴理解这种感觉。她是付出了她对于原初的人的热爱，她睁着又大又亮的眼睛，说着这句话。

是啊，纯洁。在那一瞬间，两个人，真心地互相热爱。

后来阿易带她到他们后来经常去约会的一处比较僻静的办公室，平时不用来办公，有一个套间，布置得简单干净。床单也是白色的，本来司朴想把它换成花色图案的，后来还是没换，毕竟搞成一种家里用的那种，就少了一种凛冽的约会的感觉。这种区别于闺房的冷兵器似的布置是好的。人一直有一种来了走了的过程，不会松懈在这里，那么约会多少带着点急促，这能带来激情。

在11月17日的后来半个月里，他们在这里待了几次，一直不是多么顺利，性爱的过程总是因为阿易的些微紧张，不是多么顺利。司朴一直没有惊慌或者怎样。她和他搂着。她喜欢他的皮肤，喜欢紧紧搂着，想要搂进去的感觉。那间房子非常安静，司朴想，是不是太安静了，彼此都能听见微小的声音，微小的声音太清晰，对人的感觉是个打扰和影响。

其实后来他们是很好的，整个过程整个感觉，司朴忘了是哪一次就很好了，就是不久，开玩笑说：我们热身的时间还挺长的。就是这样，激情的泛滥开始在时间的流逝中肆意地流淌。

那是第二个11月17日，他们的爱情的激情燃烧了又一个冬春后，今年是第四个了。快到了。专家说，爱情的因子在十八个月后就消失了，开始转变为别的，化学反应不再继续。他们，真的刚刚过了十八个月，真是的。司朴想，还有一个原因，就是他们的爱情有点太密集了。我们挥霍了我们的拥有。我们像一个爱情集中营，做了又做，终于，突然就站在这里，发现一切不同以往，发现不能改变什么，只有静静地流几滴眼泪。

睡了很久，中午。司朴从来没有中午睡这么长的时间，从12点不到，昏昏沉沉醒来时，一看表，已经是下午3点了。浑身很重，无法动弹的样子。就打开电视，抓起桌上的水杯，早晨的茶水，已经凉了，喝了两口，水迅速滑向胃里，轻轻的一点抖擞。司朴就撑起来，靠在沙发上看电视，不是看电视，是盯着电视，在演韩剧《我是金三顺》。

司朴看过的韩剧不多，这算是断断续续看了的一个。挺喜欢金三顺母女三个，虽然是夸张的喜剧，但很生活化很生动。司朴喜欢那种胖胖的神经结实的没有多愁善感的女人，什么话都说得很爽快很爽朗，没有那些细腻的纠缠的东西。职业是出色的糕点师傅。这多么让人羡慕。司朴觉得这样的女人真好，男主角振轩最终可以爱上这样的女人是有道理的。女人不是因为美丽而可爱，可爱太重要了。

司朴想自己怎么如此地不可爱，我不能装傻吗？我不能把一切交给男人去处理吗？我不能看着天气不好就拿把伞算了，干吗要诅咒站在天空下的无辜的人？

一会儿倒还沉浸在剧情里了。金三顺正在猛烈地吃着一大盆拌米饭，一边吃一边骂着那个该死的男人，一副雄赳赳地好好生活的模样，特别好看，一个鼓着腮帮子吃饭的女人。司朴笑着，突然发现自己在笑。就捏了捏脸，站起来胳膊伸上去抻了抻，清醒了点。这该死的午睡。怎么睡了这么长时间。其实也许是下意识的躲避，不想接触清醒时占据着自己脑海的问题。

洗了脸。给黄林发了信息，问回来吃饭吗。黄林电话过来说不回来了，问司朴干吗呢，不然晚上参加他们的饭局，出来溜达一下。司朴说：不去了。睡过了，不想动。好吧，那你好好在家懒着，我带点吃的回来。别带了，我一会儿就在家门口转转，随便吃点好了。好吧，情绪不高？黄林还是敏感的。没有，就是睡太久，全身都启动不了了。嘿嘿，能睡就睡。那好，晚上见。晚上见。

多么好的状态啊。她和黄林。司朴想，作为夫妻，还能做成什么样子？对于婚姻，其实不管是谁，只要是进入婚姻，你怎么样做，你是如何完美的人，婚姻都不会完美。这就是婚姻的样子。关键是两个人的理解和默契吧。我们可以建造这样一个屋顶，为我们遮风挡雨。但我们每个人都是自己，我们有不能说出口的很多东西，称为秘密也好，称为隐秘的人性也好，甚至称为人的弱点也好，每个人都守着秘密在生活。司朴感谢黄林，他是聪明的男人，黄林也认为她还算聪明。

男女在一起，两性中的冲突最重要，和别的同性之间的竞争最敏感。司朴不是那么开脱的人，只是深深地知道，有些事情你永远不可能控制，那么，控制不了的事情为什么要浪费自己的精力去试图控制？弄得自己面目全非，那才是真的控制不住了。另外，司朴知道，即便是黄林有什么，他是珍爱自己的妻子的，这是坚固的东西。他们有时候开玩笑讨论，司朴说：总之，千万不要让我知道，知道了谁都忍受不了。还有就是，如果哪一天出现了能够取代我的人，要提前通知，不要让我披头散发地走了。嘿嘿，黄林就笑，你胡想些什么啊。我可没想过这辈子要离开你！

两个人，如果确立了一辈子的感觉，也是很难的，这就是做夫妻的缘分吧。一生中谁都不可能只有一段恋情，但和谁做夫妻，是有缘定的。

司朴就出门转转，路过书店，进去翻了翻书。书店很安静，司朴听见自己肚子悄悄咕咕地叫了几声，想起中午没吃饭，早饭也只喝了一瓶酸奶。就走出书店，想起刚看的电视上的金三顺的米饭，就走了半站路，到不远的和料理去吃石锅拌饭。口袋也就揣了一百块钱，没拿包，手机别在牛仔裤的兜里。和料理在华圣大厦六楼，环境小而精致。

看看表，5点。还没到吃饭时间。但是在中间的旋转寿司的高脚凳上，已经稀拉地坐着几对小年轻。头凑在一块儿说话。

司朴就找了一个角落的小桌，安静的环境让人舒适，靠在椅背上，服务生端过来一杯泡袋玄米茶。喝了一口，看着小厅里同样也很安静的灯光，灯光都浮在上面，桌子以下都是朦胧的暗暗的。突出的是饭桌上的食物。司朴桌旁的墙上挂着一幅画，一个细眉细眼的日本歌伎的画像，很美丽很柔和。突然想起子规的俳句：草丛中，一朵白花绽放，其名不晓。

多好的画中的女人。手机在裤兜里嗡嗡的，司朴拿出来，是阿易。说：明天中午见面好吗？司朴立刻就回：还是不见了。我很想你，但我更怕别的东西。速度之快让司朴自己也很惊讶，其实她是知道自己不能考虑，一考虑就会犹豫，犹豫就会让自己难以拒绝。阿易说：别数日子了，顺其自然。

这个阿易，看透了我的小把戏。但是怎么样，我只能数日子。我要看看大家十天不见是怎样的。

顺其自然吧。好吗？

司朴又回：是啊。顺其自然地死掉。

“墙”系列，摆开在画案周围，司朴这时候心里有异样的满足。

拾贰

第一个11月17日过去的那段时光，他们是多么地好。

司朴硬是没有见阿易，不但十天了，而且超过十天了。其实，阿易如果再坚持一下，司朴就撑不住了。可要命的是阿易就是如此尊重人，大概到这个阶段，人再那么如小年轻似的火热，就有些奇怪了，显得没有姿态。刚开始司朴有一点气恼，再就平静了。不是自己需要的吗？自己不是需要这样吗？后来阿易打来电话说，要去出差，去杭州，大概要一周多。如果不想见，那就等他回来。如果小朴愿意再想想，这段时间可以感受感受。司朴电话里平静地嗯着，挂了电话，心里空荡荡的，到底什么方式才能合适？可能任何事情都没有终极的完美，左了，必然失去偏右的好；右了，又失去偏左的好，站在中间，又极端无趣，就是这样。

家里没人，是在午后的一点半，这时候如果在一场幸福的午觉中，人还可以有更好的神经来接人待物，但是司朴没有睡觉，她坐在画了一半的画面前，正抽着一支烟。全身有点困倦有点疲惫有点空空的，电话就像很重的雨点打在她的身上。

司朴又懊恼自己，干吗呀，是不是幼稚到极点。想念吗？想念。但是见面，司朴害怕那种无力抗拒的日渐平复的激情，大家为了交代自己的不认输，而坚持着，为了彼此疼爱，坚持着。阿易说了，人可以驾驭。这是理想化的说法，驾驭也是驾驭在一种人为之上了。她说，顺其自然地死掉。不想看到他们最后，把一切都用完，彼此松弛而无法靠拢。司朴想，自己最近怎么了，难道就像这样停止或消失吗？一个常见的主题：消失在灭亡之前，留下永远的美好。

但是谁都舍不得消失，所以要受到惩罚，这个惩罚就是我们发现来不及挽救了。距离的作用是谁都懂的，但这些常见的规律总是在事后才惊现。

司朴画了一组很具象的坐在街上的人，已经是第三幅了。在这样一种不知所措的、自己制造的情境下，司朴需要很具象的幻化出的幸福来平衡自己。画街角静静坐着的人，姿态各异，表情一律无喜无忧。这样的画，画面有一种穿不透的墙面的感觉，那些人的脸，五官相似，在视线中叠加在一起，组成一种有力量的墙体。看着看着人就有一点平静，无喜无忧，是啊，人生活着，有时候，就是不怎样高兴也不怎样不高兴的。可能这才是正确的态度，这才是心中怀着深沉的情感。

自己是不是太刻意了？硬要消失在美好还存在之前又

怎样呢，自己轻松吗？司朴拿起毛笔，站起来，不想了，什么样的感觉就自然流淌吧，也许自己会改变，画画吧，把思维停滞在行为中，有时候突然就开了。

画画得顺利。司朴画了四幅，这四幅组成一组。在我们的生活中存在着多少要过去的墙啊，有的要穿透，有的要绕过去，有的要推门，有的要挖很深的坑。“墙”系列，摆开在画案周围，司朴这时候心里有异样的满足。

真好，能够这样。抽一支烟，定定看了一会儿，慢慢剥皮吃了一根香蕉。站起来，看看表快5点了。突然想念王玫她们，打电话联系，很久都没见了，是啊，各自沉浸在自己里里外外的生活当中。里里外外，司朴就笑了，对自己想到的这个词。大家来回一通电话，商量着去哪儿吃饭，后来意见终于统一在高新区新开的顺风肥牛。6点半见！

司朴突然开心，伸伸腰，做了一小会儿瑜伽伸展，浑身通畅一些，好，打扮打扮。穿一件欧时利的牛仔裤，裤腿宽宽的，腿面磨白。穿了一件黑色的紧身T恤，外面是白色的薄的开襟衫，将头发绾一个疙瘩在头后，不高不低的位置。平时是不太化妆的，今天却有点兴致，对着镜子在额头、脸颊扫了一点无印良品的那种亮晶晶的散粉，在灯光下脸部就有点闪闪的那种。不像粉底弄在脸上粘腻。然后再涂了一点亮

亮的唇色的唇彩，就好了。看不出什么，但脸部明显亮了。

陆续坐定。三个人先后审视了一下彼此的装扮，叽里呱啦地评判。王玫平时是化妆的，今天又穿着上班的套装，短款的青色小西服，小小的领子设计得很特别。小暖穿着一件秋裙，咖色，上面是浅灰的薄毛衫。好看好看，小暖说。你们怎么都是大美女啊。司朴微笑着看她，很久没有见小暖她们了，听见小暖的大嗓门还挺高兴的。算了算了，别肉麻了，都是美女，谁也别谦虚！王玫说。

先点菜吧，一会儿再说话。饿了。司朴让服务生拿菜单。这个顺风肥牛的店是很不错的，装修也很堂皇，面积大，宽敞。每个桌子上铺着洁白的桌布，一人一个小的火锅，放在手的右侧，对着的桌布底下是电磁炉。看不见炉子，也没有烟火，吃得干干净净的，感觉挺好。本来是要在前面摆得很漂亮的点餐台那里去点，三个坐下了都懒得起来，就让服务生拿菜单，好在平时爱吃的就是那些，一个个说给服务生记下就好。

两盘肥牛。一盘蔬菜拼盘。一盘香菇。一盘粉丝。豆腐皮。魔芋。山药。红薯条。

几个人吃饭相似，不打架。

吃的时候就觉得有一点湿润的气息从旋转门那里旋一下进来，一点点。吃完饭出去才发现雨已经下了很久了，10月中旬的天气，最近比较起来还是挺暖和的，但这一场场雨后，就会一次凉似一次了。出来时，晚上9点了，站在酒店宽阔的门廊下，看着灯下飘忽的秋雨，凉意钻进每个人的领口、袖口，夜灯下眼睛都湿湿亮亮的。几个人亲昵地挽着手靠在一起站着。三十多岁的女人，实际上是最好看的时候，状态好点，就还未脱青春的影子，但有着浓郁的女人的成熟，比二十多岁的时候少了很多青涩的单薄。

但是，生活，日子，她们都过得幸福吗？应该不是不幸福的。每个人有自己的工作，相貌还可，身体健康。有老公替她们撑着大部分婚姻中的事情，没有明显的裂痕。可以打扮可以旅游，可以几个人出来说私房话。

让所有的人看这些因素，没有不幸福的标志说明不幸福。可是，站在这里，看着雨，每个人的心里都有未完成式的状态，这带给她们秋雨中的惆怅。是啊，感情，是每一个女人心中的魔鬼和天使，爱着也恨着，不能没有，也无法完全拥有。其实，专一和白头偕老，这是永远不变的美好的梦想，但凡能达到，每一个女人，是会前仆后继的，这是她们的天性。

可是，她们却都有着并不单纯的状态，是为什么？各有各的原因，各有各的心结。有一次大家聊天，说到这些。也许是一种来自男人社会的不安全感，还是自我保护，还是贪欲无度，还是怎样。司朴有着心中的秘密，王玫有着青春时的恋人，小暖有着供养她的情人。这一切躲避在她们显示在社会中的生活之后，但却成为她们重要的支柱。这些支柱在几个女人见面时成为凸现的东西，她们犹疑或者坚定，是不停地在变化中的。这是女人在生活中的不自信造成的，虽然她们有本事也如同大部分的男人一样有了风流韵事，实际上在心底，她们是不自信的，她们纠缠在这些情绪中，不像男人是拿来炫耀的，她们无法独自承担，是有着比较强烈的慌乱感的。

也许,女人是太认真了,对每一个感情都过于认真,对自己拯救自己被动局面的行为也太认真。男人分得清里外,并且毫无愧色,他们的大脑结构决定他们面对对象时是单一的。

谁不希望自己的生活是完满的呢？可是完满的路在哪里？什么才是完满的大道呢？谁才是我们最终的爱人?

在路边等着,是因为小暖的赵建设打电话,刚好也在外面和客户吃饭,说好让她等着,来接她。王玫和司朴就坚持着要目睹他们的肉麻,陪着她等。小暖才无所谓,她早是告白于天下的,希望几个女友能够了解她的细微。而且,赵建设也是不介意的,偶尔的碰面,他对小暖的女友们非常热情,可能因为她们是唯一的知情组织,谁都有炫耀自己甜蜜的需要。在她们面前,赵建设和小暖是更加肉麻的,互相拉手拍脸的,不避朋友。

赵建设的别克过来时,司朴和王玫就“噢——”小声起哄。小暖过来扑打,王玫和司朴拉着手跳到一边,嘻嘻笑着,和走下车的赵建设打招呼:你好啊,越发年轻了啊。

赵建设说:你们是越发漂亮了！小暖说:那当然,我的女朋友,响当当的！最近都好吧？赵建设问。没你们好啊,司朴开玩笑。看看你们,幸福都溢出来了。嗨,这人,麻烦着呢,烦！小暖一听,过去就拍了赵建设一巴掌:你麻烦还是我麻烦,不想活了。嘿嘿,我,是我。

几个人笑嘻嘻地在雨地里，雨点落在肩头，灯光照着，亮一下又暗了。看着他们走了，王玫说：走，送你回去。俩人上了王玫的车，开一点窗户，空气新鲜，凉意很厚。汽车在滑行，车轱辘和湿湿的地面发出不同于平时的哧哧的声音。

最近史帅还来吗？没有计划。哎，不知道怎么办，史帅不来吧，面对的是孙光对我的好，我找不着开口的时机。和史帅一打电话，我立刻觉得要飞到他的身边，一刻都不能等。但他又不逼我，所以我可能在下意识地逃避。

也是。孙光单位的事情怎样了，能顺利升职吗？看样子差不多，就差最后的宣布了，各方面的积分都在前面，有人已经开始让他请客了，但是没有宣布就不能肯定。

我想去趟成都，你陪我去吧？不然最近单位也没有什么理由去，不好给孙光说。

司朴突然想着阿易，他去了杭州，我躲避着他，还不如出去玩玩，可以将这种无法化解的难题留到脑后，说不定会柳暗花明。很久没有一个人出去玩了，司朴突然想念一个人在异地的感觉。因为王玫在成都肯定是要和史帅相聚的，自己又不能老和他们在一起，就到处转转，挺好，一起走一起回来便是。

好，就这样定了。心里想着，就说：可以，没问题。咱们这两天就走。太好了，王玫噘起嘴，在空中响亮地亲了一口：亲爱的，你真好！

别在这儿亲爱的了。去成都叫你那个亲爱的去吧。

突然，车厢里溢满快乐。王玫为着见到恋人，司朴为着光明正大地躲避，和一点私我的独自旅游的诱惑。

王玫脚下的油门不自觉地踩得重一些了，车速快起来，好像这样就离成都更近了。

说好后天走。第二天订了机票。黄林说：想去玩就去吧，你是通知我，但我还是给你放假。呵呵，说完笑。司朴晚上和他手牵手吃饭，黄林的一个大哥的几个朋友，黄林都熟，司朴只和这个大哥较熟。他是什么研究所的，做技术工作。司朴搞不清那种东西，只是挺喜欢这个大哥的，虽然他是工程师，但性格非常之好，很体贴地照顾人，并且喜欢说很逗的话，开边缘的玩笑，但真的是充满了聪明才智的玩笑。司朴喜欢听他们瞎聊。每一个生活圈子都有每一个生活圈子的风格，没有什么好与不好，都有快乐和伤心，都有烦恼和激动。只是相对的对象不同而已。所以生活的内容不公平，但是你的感受程度是公平的。

黄林喜欢和比自己大的人交朋友，很多四十多岁五十多岁的大哥。黄林属于比较有礼貌很谦虚的那种，在细节上也会适时孝顺这些大哥，所以大家都对他挺好的，给他的生意帮了不少忙。司朴经常笑他：你还挺聪明的，哥哥们的积淀你也享用了。不过心里是欣赏黄林这一点的。

可能在他们之间，还有着这样一个共同点：都喜欢那些人生经历和年龄的积淀超过自己的朋友，喜欢聆听，觉得源源不尽。所以他们虽然年轻着，多少也体会了岁月的很多层面的东西，可能这也是彼此充满友好和理解的一个基础。

研究所的大哥问：我们的画家最近画什么呢？司朴说：别这么说我，哥。我太荒废了，所以永远不会成为画家。嗯，谁说的，我们都看你画得好，我都看不懂。我只能看懂梅兰竹菊。我们小朴的画是现代派。

你是不是批评我呢？听这口气！不是不是，你大哥我是那种老夫子。黄林，什么时候给妹妹办画展，咱们都去捧场！不过现在要抓紧时间买一张，以后可以给别人吹，这是我妹妹！算了，哥，咱们还是吃饭喝酒来得实在，那些，是无中生有自寻烦恼。说得好说得好，无中生有，这才是创造！

一通乱搅。

吃饭很愉快呵。司朴筷子夹起来芹菜炒豆干里的一根芹菜，在芹菜从盘子走向自己的吃碟的时候，时间计算的话也许只有一秒半吧，司朴突然看见阿易的影子一晃，也不知是在面前绿油油的芹菜上晃的，还是在脑海中晃的，总之，心里咚咚了两下。其实和这根芹菜有什么关系，很多细微的来临是不选择依托的事物和时间的，只是我们愿意和面前当时存在的东西联系，想出一点所谓的玄机。

平时和朋友们在一起，特别是和黄林一起活动的时候，司朴是专心的。司朴想阿易更是专心的。他曾经跟她说过，其实不无担忧。说，要拿得起放得下。司朴是个自持的人，可能阿易当初还是无法确定，或者对于一个女人缺乏这方面的信任。

像这样突然闯进脑海的情况还是很少的。也许是自己有意识的躲避，反倒会引来很多下意识的想念。想他吗？肯定是想念着，司朴能够肯定这一点。可是，可是，无边的一种忧伤越来越重。司朴知道这样的情绪为什么在以前没有来临，它其实是伴着时间的，时间到了，它就来了。是因为要保持完美而产生的副作用。那么可以放弃保持完美的心态吗？可能不行。如果那样，不就又是沿着婚姻的思路在进行吗？

司朴在桌下左手找着黄林的右手，黄林感觉到了，翻过手掌，握住司朴的手，还悄悄紧了一下力气。继续聊着他的话。司朴觉得心安。人都是脆弱孤独的，肢体传递的温度和力量，使人能够觉得不害怕。

司朴悄悄想，自己从丈夫身上得到的安慰，是为了抗衡来自情人气息的莫名担忧。这合理吗？

司朴不是因为自己的心理才产生理解度，平时她对于很多人的心理都有大的好奇和理解。是啊，合理不能用自己制定的标准来衡量，它也许简单之极，就是一种简单的生理影响。

黄林喝了不少酒，司朴将车开回来，黄林靠在副驾驶椅背上，闭着眼睛。不知道他睡着没。车外的灯光一会儿进来一会儿出去。这就是这个晚上。这个晚上即将过去。每个人都有自己的内心，包括亲密的夫妻，每个人都是完整的密闭的内心，能够向着自己的伴侣敞开多少呢？黄林，他的，我知道多少呢？每个人不可能是全面见光的。但他们继续相处着，似乎也没有因为什么相处困难。就这样，一年一年，一生就过去了。

温小暖那天晚上，就是几个女朋友一起吃完饭，赵建设接上她，送她回去。到小暖住的院子外面的小街道，停下来。一般赵建设的车是不在门口停的，一般停在半站路外的一个小超市门口。今天因为已经晚了，一个是因为小暖家的这段路有点黑，不安全。一个是因为很少停在门口，有点新鲜。停下来，赵建设熄了火，关上车灯。待一会儿吧。好吧。就都打开车门，下去，开后门，坐进去。赵建设锁住门锁，两个人就拥抱在一起了。这里很黑，十几米外有一盏路灯昏昏黄黄地开着。偶有一个人从车旁走过去。他们就在车里缠绵了一番。平时总是在房子里面，在他们的大床上，这样的狭小和气氛，外面的环境就近在咫尺，刺激着人的神经。整好衣服，赵建设搂过小暖说：真好，你是我的魔鬼。小暖说：那你对我好不？那当然。小暖很会适时撒娇，懂得什么时候该闭嘴什么时候该提要求。她也想了，现在社会上的男人大都是不拒绝不主动，欢迎投怀送抱，也就看情况付出一点点。有一次听一个漂亮女孩儿愤愤地说：我干吗要跟他好，他给我那点钱，有了我也多不到哪儿去，没有我也少不到哪儿去。我何必呢，又不喜欢他，这些男人，太会算计了。

这是实话。小暖想，自己是有福气的，碰见一个赵建设，豁开架势和自己过日子，给自己买了房子，存了一笔钱，平时有宽裕的零用。实际上赵建设完全改变了她的生活。如果自己没有碰到赵建设，没有和赵建设好，她现在仍旧和李志峰过着极为普通的日子，计划着花钱，把孩子养大，自己买一件差不多的衣服就要考虑，对遥远的未来没有信心。这样的日子可能再也回不去了，人是能上不能下啊。现在小暖想，确实是心里踏实了，有了可以让人放心养老的一笔不少的财产，就是现在上那班，也是感觉不一样。以前怎么样都得在心里在行为上认真上班，那是自己的唯一收入啊，上班就很烦。现在上班成了岔心慌了，反倒很容易干好了，和同事们关系也很好。哎，钱真是个好东西啊！小暖对自己身边这个很负责的男朋友很感激，当初因为他老婆的问题，还经常吃醋小闹，现在似乎那边也偃旗息鼓了，自己也就不提了。算了，他对自己真是不错了，又明确表示不可能离婚，那我还穷折腾什么！小暖从不在女朋友面前掩饰她的实际，司朴他们家境和背景都比她好得多，她不是这座城市本地的人，所以要抓住机会。

这个机会她是抓住了，而且一抓就是几年过去了，看来势头还不错。小暖就很满意。准备着这样下去。

在车里一看表，快11点了。得回了，亲爱的。小暖亲了赵建设脸一下。不早了，赶紧回，不然老婆回去审问你！嘿嘿，没事。她现在也是不提了，相信我说的已经断了。开车门，小暖挥挥手，甜蜜地说：晚安啊，开车慢点。

进院子，满身心带着舒适的感觉，虽然也有点累了，但步子还是轻松愉快的。进院子朝自己住的那栋楼去，突然看见李志峰在前面走着，推着自行车。他每天把自行车扛到家里外面的楼道上。哎，李志峰。小暖叫了一声。李志峰立刻回头，站下等她。

干吗去了，怎么这么晚，孩子呢？我爸想娃了，今天带他吃肯德基去了。爸说他明天送幼儿园，我就回来了。

哦。行。爸最近对宝宝这么惦记的。惦记还不好，人老了，就是这样，爱孙子。再说，你这妈自己还玩不够，不是给我们减轻负担了吗？

哎呀，我知道你管得好，我才放心玩嘛。

哼，听着李志峰鼻子里一声，楼道黑洞洞的，也看不清他的表情。小暖一向对李志峰是拿得住的，所以也不怎么在意。

洗洗睡下。小暖上床时，李志峰已经躺下了，拿着本杂志在翻。小暖心里突然想起，刚在院子外面，他应该没看见什么吧，一前一后进院子，自己站那儿招手时，没注意旁边，李志峰会不会刚好过去，看见了。但从他的脸上看不来什么，小暖心里有点不踏实。上床就靠上去，钻进李志峰的被窝，右手放在他肚子上轻轻滑着。李志峰没有说话，也没什么反应，小暖就朝下去，刚到李志峰内裤的边缘，他的手过来抓住她的手，说：这么晚了，不累啊。小暖就装样子：哎呀，多久了，有几个月了吧，你不想啊？不是，就是累了，今天在我爸那儿干活，又折腾宝宝。睡吧。

小暖关灯以后，睁着眼睛，慢慢适应了屋内的光线，陆续看见对面的衣柜，门口的一把靠背椅，转过去，看见李志峰的侧影。突然心里有一丝不安，她的丈夫，一个年轻的男人，几个月了，没有和她做爱，为什么？小暖想想，自己是没顾上，但好几次了，他都拒绝了自己。本来自己就是因为内疚才想着要做一做，他说累，刚好就算了。可是，一次一次，就不正常了吧。他不会发觉什么了？

小暖发现自己几乎没有想过这个问题，以往总是集中在计较赵建设老婆的事情上，现在平安无事的，自己的日子过得两边还算惬意。自己也觉得不会被李志峰发觉什么，因为本身李志峰呢，她觉得自己拿得准。他是一个不善言辞、踏踏实实的人，当初结婚，也是说过，能娶小暖也是自己的福气。在感情这件事情上，谁当初追谁，谁就会一直被动一些。小暖，一直是自我感觉良好的。在这个婚姻中，轻松地控制着。她不用看李志峰的脸色，即便在家里活没有李志峰干得多，她也很安然，李志峰干得好，而且一直都是这样。

小暖想想，也许结婚时间长了，就是这样。算了，睡吧。心里却还是带着一点不安，隐隐觉得睡在自己身边的李志峰好像变了一点什么。

王玫本来心里是不自信的，即便是风里的消息，也对她有着如同铅石一样的重压。

拾叁

成都的10月是很舒适的，阳光懒洋洋照着，温暖适度湿气适度。在南方潮热的夏季和湿冷的冬季之间是一段美好的时光。在这段美好的时光里，王玫和司朴走出了成都双流机场。两个女人穿着时尚，姿态优雅，拎着简单的行李，步履轻松。

是很轻松的。进入了另一个暂时的时空里，起码在未来的几天里，没有熟人、工作、家庭什么在身边那么近地审视，可以如同鱼，自由缓游。司朴站在出港的门口：唔，天气真好！我可要放荡几天了，别管我啊。你们好好待着，别理我。我也不会理你们，咱们走的时候一起吃一顿火锅。

王玫知道司朴是喜爱一个人穿行在外面的城市中的，对于她的自理能力当然是放心的。但还是有点内疚：那我太不好意思了，让你陪我，又不管你，怎么行啊，你干脆就和我一起住就行了，反正房子不小，你想影响我也影响不了。

坚决不。司朴说完笑了。是这样，最后去你那爱巢参观参观，我不会不检查就走的。呵呵，让史帅把我送到宽窄巷子就行了，那个龙行客栈我要去住一下。

史帅已经在外面等着了。看见史帅，王玫的脸一下子飞了红，史帅自然地还是带着一股成熟的风度走上来，左手牵上王玫的手，右手就伸过来和司朴握手。谢谢司朴，陪玫儿过来。不用不用，我也是半公半私啊，也想出来转转了。

上了车。司朴赶紧说：把我送到宽窄巷子那儿就行了，别管我啊。

那不行，是这样，你就住家里，刚好你和王玫也是伴，这两天我也不是所有时间都能腾出来，你和玫儿可以一起逛逛。

那也不行！你别剥夺我的自由行的计划了！真的真的，你别介意。我就是想趁这两天自由走走，你呢，好好陪陪玫儿。

那我太不仗义了。几个人笑。是这样，你真是这么坚持，我给你订好酒店，你住舒服一些，其他随你。

不用不用，酒店不是少点趣味吗，你就送我到巷子那儿，我喜欢那种青年旅社的感觉。

被司朴坚持着。后来王玫说：史帅，算了，送她过去吧。自己朋友，我了解她。那要过来住一天的，听见没。行啊。最后一天过来享受一下，一定。

随时打电话啊。行了行了，真以为生死离别呢，你们现在是久别重逢，别冲淡主题。我生活能力强着呢。

你这是陷我于不仁不义的男人法庭。哎。史帅说。

大家就笑。我给你机会，你要加倍对王玫好，就不审判你了。呵呵。

司朴心里很愉快。在飞机降落的那一瞬，在内心就降临了自我的清晰感觉。一个人的旅行是好的，本来是躲避，发现并不是那么被动的情绪。在到达目的地时，发现是被这里的阳光天气迎接着，发现自己也是迎接着自己的充满阳光的心情。看来问题是不需要躲避的，只需要转移。也许在移动的过程中，一切迎刃而解呢。阿易现在在干什么呢？杭州，也是一个司朴喜欢的地方。那里还有马妞。这两天他们也没有互发信息。司朴是不知道发什么，突然进入无语状态。而阿易呢，他大概是忙吧。司朴心里还是有一点忧伤，在原来，阿易的信息是多么及时啊，他出差，会发不少及时的问候和他的行踪描述。都是忙碌，但最初是怎么样都有时间都有话说，现在呢，忙成了一种借口。司朴其实很理解，自己，不是也很难有什么激情和新意来说话吗？何况那些天性喜欢新鲜并且忠实地跟着规律走的男人。

到了自己在成都的家。王玫有一点陌生，能不能这样说呢？这是史帅为他们布置的家，可是她只来过一次，住过短暂的几天。进家门时，史帅还在她耳边悄悄说：回家了，老婆。关上门，放下王玫的小包，从后面抱住正在看向客厅的王玫，把下巴放在王玫的左肩上：看看，什么都没变，我早出晚归，有时候让钟点工打扫一下。你这才来，多待两天，可以再布置布置，按你喜欢的。可以换个沙发罩颜色啊，冬天快来了。

王玫坐到可以陷入的大沙发里，看着前面木色茶几上堆了满满两大盘的水果，木瓜橙子什么，知道史帅提前买的，知道她爱吃水果，没说话，心里酸酸的。突然又觉得委屈，这股委屈从心口向上涌，一下子就到眼里了。这时候史帅从厨房出来，端着两杯果汁，过来坐在王玫身边，一杯放在茶几上，一杯递到王玫嘴边：来喝一口。王玫想嗯一声，结果却哽咽住了。史帅放下果汁，轻轻搂住她，没说话。王玫的委屈堵在心口，拼命往下压，真是的，见面了就好好的，快快乐乐的，珍惜时间。可是自己看到快要临近的幸福，但这一步总是难以跨越，不知道怎样能跨越过来，什么时间能跨越过来。王玫就想起以往那么多的往事，那些漫长的岁月中太多的委屈，我们必须经历那些吗？浪费了那么长的时间，互相折磨，可是，今天再重逢，还是不能跨越一切障碍。原来的障碍更多的是自尊上的精神上的折磨，而现在呢，不是了吗？还要加上良心和违背，王玫必须违背孙光对自己的信任。所有的过去的现实的积在一起，委屈就像一个水潭，水慢慢泛上来，眼看着一点一点要漫开了。

史帅搂紧了王玫，说了一句：没事，别担心，什么都别担心。好不好。

他如此体贴和耐心。王玫的眼泪一下子就流下来了。是啊，他一直是体贴和耐心的，他把他的体贴和耐心不知道给了多少别的女孩儿，那些躲避的岁月中，王玫一直未能忘怀，这些别扭的仇恨一直在心里郁积，不知道是恨史帅，还是恨别的女孩儿，还是更恨自己。那些漫长的没有在一起的岁月中，思念其实放大了这些负面的东西，后来即便有相逢的时候，一见面，想起的都是这些，无法面对，然后更加伤心，根本不给对方和自己时间来慢慢消除一些也许能消除的事情。不知道时间是一服良药，时间够了，痛苦就小一些，时间够了，理解就宽大了。

王玫后来考了本地的大学，上大学后，有时候接到史帅的来信，也不回。史帅慢慢也就写得少了。有时候王玫有后悔的时候，想自己的刺是不是太硬了，但是又时不时听说一些风里的消息，什么史帅多么风光，和哪个校花如何如何。王玫本来心里是不自信的，即便是风里的消息，也对她有着如同铅石一样的重压。自己在学校也是有人追求的，有一下没一下地谈谈，大学嘛，有很多空闲，周围的人都成双成对的，况且自己心里恨着史帅，谈谈恋爱也是一种松懈和发泄。当然没有什么特别的心动，史帅的巨大的影子在心里遮罩着，既影响着她的判断，又干扰着她的热情。大学二年级的时候，暑假，同学说聚会，请了中学时的老师，王玫就去了，没想到史帅也来了，那时候他面临毕业。王玫现在还记得见面的一瞬，很奇怪，心里的情绪郁积着，不知道是恨意还是爱意，或者混同着难解的岁月的摩擦，眼睛有一瞬间是花的，唯一可以确定的是心跳的强度。自己知道这个爱是没有消失的，只是背后的难言越走越重，所以爱也好，是无法说出的。史帅倒是深沉的，但肆无忌惮地盯着她，她那一瞬间想扑进史帅的怀抱，好好哭一场，然后不计前嫌，抓住自己的爱，这份让自己有强烈痛感的爱。有痛感的爱是深刻的，是那个年龄的追求。众目睽睽，大家当然都没有举动，史帅对她笑了笑。王玫连笑都没有。吃饭，聊天，回忆和憧憬。在座的有几位是知情的，包括一位老师，大家都没提。少年时的感情，老师是不看好的。

结果突然有一个不知情的人说：史帅，我上次去你们学校，你那个女朋友，响当当的靓啊，是干吗的？是不是舞蹈学院的？

王玫觉得周围的空气一下子没了声音，人影在晃，好像是自己也在晃。没听见史帅是怎么回答的，也不知道自己是怎么离开的，好像是早退了。本来王玫憧憬着聚会之后他们的冰雪消融，她好像也感觉到史帅的目光是炽烈的。但是，好容易在一瞬间觉得自己可以原谅原来的岁月，突然又崩溃了。看来并没有真正地开脱。只是见面带来的效应，不见面了，很多负面的，会在距离中慢慢放大，大到又无法弥补的地步。

王玫用了很久才恢复过来，她觉得自己太虚弱了，无法承担史帅的光芒，无法承担出现在他身边的那些女孩子的光芒。

类似这样的小插曲，总是过个一两年就会有所耳闻，史帅成了悬在心头的剑，寒光凛凛，又无法拔除。

现在在一起可以讨论这样的事情，史帅有时候不好意思地说：那时候，男孩子，哎，很花心，但在心里，是永远无法割舍一个人的，那就是真爱。总之岁月来来往往，很多时间过去了，他们没有办法坐在一起，明白无误地说话，也就没有办法继续恋爱。

想着那么多辛酸，两个人都默默的。史帅轻轻吻了她的一滴泪，说：宝贝，原来，我对不起你。王玫一听，说：不是不是，那时候，我小，我不懂事。嗯，别说了，肯定是我。

说着突然起身，胳膊有力地抱起王玫，王玫一下子就到了史帅的怀里。史帅一步一步上了楼梯，将王玫放在他们的大床上，王玫闭上眼睛，紧紧搂住史帅匍匐下来的身体。他的重量他的体温是这么真实，是这么容易引起王玫的悸动，她捧起史帅的脸，嘴巴辗转在一起，王玫使着很大的劲，似乎是要把一切的爱和恨都释放掉。这一真实的时刻，让王玫坚定了信心，我一定要和史帅生活在一起，我们已经爱了这么久，我还没有和他在一起生活，这说不过去，我一定要将这种仍然巨大的激情投入进去，如果不燃烧，我一辈子都不会安宁。王玫心里突然有了一股力量，不再担忧和无奈，她于是投入地，爱着史帅。

多好的一场情爱。只能让人叹息。后来他们躺在床上，中间隔了半身的距离，两个人手牵在一起，一起望着天花板，偶尔说一句话。身体降落的一种轻飘和淡淡的慵倦，内心降落的一种对长久岁月的封扎，一切都令人无法言喻了。

然后牵着手去吃饭，然后在饭桌上互相傻笑，史帅说：玫儿，你说你原先怎么不傻点呢？像头随时警戒的小鹿，我都不能靠近，所以连解释的机会都没有。我现在傻了吗？现在好，现在挺傻的。王玫想自己现在不管傻不傻，反正就想傻傻地跟着史帅走，就像自投怀抱的跑累的猎物，有着奇怪的信任感，知道猎人会养着她，不会杀她，因为他们已经追逐了很久很久，互相斗智斗勇，最终惺惺相惜。这是动人的故事，不是吗？是吗，是这样吗？王玫觉得，这一刻是这样的，未来呢？她好像建立了信心，但是，漫长岁月中形成的一种气氛，一种并不舒适的刺痛的气氛淡淡的还无法摆脱，这构成了一点点担忧。

晚上躺在床上，知道自己不会走，知道身边男人今晚近在咫尺，王玫有了踏实的家的感觉。想着，明天要收拾家，史帅说这几天不工作的时候陪她买衣服什么，说多买点衣服放在衣柜里，她走了，自己可以看见衣柜里的衣服，以解相思苦啊。王玫又要哭了，拉着哭腔说：别逼我，我要早点来这里。我没逼你，小玫，我是真的想留你的痕迹在这里。好不好？嗯，那我明天要买够春夏秋冬一年穿的！好啊，多买多买，我喜欢玫儿买东西，我给你挣钱。嘿嘿，那我来成都以后，不工作啦。看你兴趣，不过要先给我一个宝宝再说。

王玫于是充满很大的憧憬睡着了，睡着以前，隐隐想到孙光，回去，一定要谈了，不能再躲避。史帅在身边的真实感给了她信心和勇气。这样下去，对大家都不好，孙光有权利知道这件事，这件孙光不知道的事情。他不知道对于他们的婚姻，这件事情当初也是起了作用的，对于王玫，婚姻暂时躲避了深入岁月的故事，但孙光不知道。虽然他对她有着非常宽容的大度的态度，她没有说过爱，孙光从来也没有提起，只是表达着自己的爱意。孙光这样的男人也是有着耐心的，王玫想，他其实比自己站得高多了，他知道自己能把握的是什么。这也是很难的吧。他也许知道我的慌乱。

早晨醒得很早，坐在宽大的窗台上，看外面的地是湿的，空气清爽，凉意很重了。巴山夜雨，无声无息的。

史帅还在睡着，身体朝右侧微微蜷着，王玫看着，觉得再高大硬朗的男人在睡眠时都是脆弱无辜的，惹人怜爱的，他的嘴巴轻轻嘟着。

王玫打开手机，放在静音上，准备给司朴发信息。过了一下，屏幕亮了，一看是司朴十分钟前发的。这家伙，起得比我还早！

写着：幸福女人，早上好。我在旅社的院子里喝茶看杂志，桌子是红的，凳子是绿的。美极。

王玫回：也是幸福女人！玩得愉快，注意艳遇。司朴又过来：我看穿艳遇，不玩那种游戏。老式女人。

司朴一大早先是在厅里角落的电脑前坐了一会儿。想着给阿易说几句话，打开信箱，又不知道怎样说。其实，大家也没有怎样明了地谈论过这样的问题，其实这样的问题也是不适合谈论的，谈论感情，决定它的未来，似乎是可笑的。但是，那怎样呢，就这样带着已经觉察到的情绪，还是往前走吗？好像后面有人牵扯着，犹豫不定。阿易一定知道我说得对，为什么就没有强烈的回应呢？也没有表示反对，虽然他隐隐表达了对司朴所提建议的不同意。他也是太尊重她了，这让司朴有一些难过。再聪明的女人，也有委屈的时候，她说了过分的话，这里面有七成其实是属于一种控制不住的情绪，但她还是希望男人能够不管不顾，强硬一点扳正她，结果男人若属于听懂的状态，这让人沮丧。似乎吊在半空。唉，女人也许都有胡搅蛮缠的天性，这是生理的需要，是一种成功的释放。真的，司朴不管了，她太懂道理，平时，也太矜持，不管他，我要继续我的第六感，也许是胡说，可是我的身体深处，有这样的语言。

于是打开信箱。这里荒废很久很久了。自从一切成为一种合适的规律之后，好像也就没有了表达慌乱和思念的必要，也就没有在这里喃喃自语的需求，显得有点怪。打开来，以往发出去的信基本都存着，司朴随便打开来看。经历过去，人都很难再想起，那么多的细节，人真是遗忘的动物。遗忘了，或者需要机会来回忆的，其实都是有问题的，如果戛然而止，停止在了美好时段，那么一切都会被美丽地冰冻，永远看见永远美丽。慢慢地滑向事物的下坡路上，相对应的那一边的上坡路上的东西就会被一点一点随着下坡的速度抵消。是的，现在司朴觉得他们已经在下坡路上了，她已经敏感地嗅到了下坡路上的湿热气息，下了十米，那边上坡路上的宝贵的十米就被抵消了。现在的司朴，要打开很久以前的信息，才能够想起一些。文字是一种记录，可是文字不能记录所有。

司朴看着读着，大部分都是一些情绪上的表达，所记录的具体事情很少。司朴是这样一个人，具体于她，没有太多的意义，她总是喜欢透过一些具体的看到后面所隐含的东西。

有一封是这样写的，司朴读着，觉得感动于当时的自己，又对自己有了些微的陌生感。

休息得如何，工作也是太繁忙了。有时候喜欢极度累的舒适感吧？说是一周见得到一次就好。你说我口是心非，我也承认。结果情况属实，嘻嘻。我知道这样你心里也轻松一点，你别说，感情是欣喜的，也是可称作负累的东西。当然，没有负累，人是轻飘的，又抓不住温暖，或是直指内心的东西。

原谅我的把什么都看透，其实感情就是跟着自己感觉走，一分析就坏了。尽量让自己的情感健康一些，并且，生命力旺盛，长久。

看到自己那时候已经有了分析的坏毛病。但自己一直在说着旺盛长久的话，那是在初期的希望，在初期就开始忧患后面的必然的规律。因为看到太多的情形了，知道人毕竟是无法抗衡一些东西的，虽然人都是振振有词的，那只能当作在高潮时的真情，听着，不用揭穿。看不远的几天后又写的信：

非常想念。悸动不息。又来，说话。要感谢你，给我的激情动机。我甚至幻觉它有一道夺目光线，总是路过我的眼前。说些什么来表达呢？很多，也就淡化为会心的悄然一笑了。将这些傻兮兮的话，放在这个狭小的信箱里，它是隐秘而安全的。又可以随时供给我发言的宽容。

那时候的自己是可以停留在一个跌宕起伏的情绪中

的，担忧或者开心，激情或者平复，都是带着一点火焰的形态的，可以放在内心品味，可以影响到自己很多个时刻的微小的表情。那时候，经常一个人不自禁地发呆，脸上挂着一点异样，那点异样绷着对周围环境的警惕，显得有点红晕。那些时候，是啊，多么遥远了，其实司朴看看时间，也就是他们当初走到亲密阶段之后的那个冬季，离现在是近三年的时间。两年前发生的很多事情的细节已经记忆不清了，有这些信息也只能透露出一些当时的心情。到如今的心里，实际上是岁月积累在内心的一种结果，虽然也是有很多很多具体的事情走到今天，但事情已经退居幕后，剩下的是一种心情。现在的心情是什么呢？是一个经历了春夏秋冬才能成熟的果果，曾经开花摇曳，曾经迎风沐雨，曾经努力向着阳光，终于成熟，成熟地挂在枝头，红红的非常漂亮和饱满。供人欣赏了很长的时间，一直仰着头站着坚持着，终于耐不过衰败的规律，它衰微的瓜蒂不能承受它的重量，它掉落了枝头，落在了脚下的泥土上，一阵风一阵雨的，它萎缩蔫掉。还能回忆当初的美丽吗？要费很大很大的劲了，因为记忆随着萎缩的速度在一点一点地被抽走，想拉住已经没有力气了。

终于它化身在宽大的泥土中。成为千千万万中的一个。如果我们当初把它摘下，存放在冰柜中，它还会鲜亮很久，最终还是一个结果。如果我们把它吞进肚中，会变成我们某一天的能量，我们第二天就把它忘记。不管怎样，美丽都是曾经的阶段，怎么样都无法阻挡它离去的脚步。我们该怎样呢，听之任之，还是改变它的命运，让它变成一只假的苹果，塑料的或者别的什么材质的，永远放在眼前？其实那样，没有气味，没有光泽，我们也不喜欢，我们看两天，也就由着它落满尘土了。

所以说，一切手段皆不可抗衡。开始就意味着要准备结束。这和人的一生不是一样吗？

司朴想着，是啊，和人的一生不是一样吗？每一件事情都是套在人生这个大伞下的小事情罢了。每个人都知道最终都是一死，还不是要好好地活着。可是最终消亡之后，是人不能感知的事情。在人生的阶段，感情，我们目睹着它的过程，我们甚至可以插手。

司朴在写信的框里填字，敲打着键盘：

你好吗？在杭州也该回来了吧，想念。

司朴敲了这一句，看到“想念”这个词。是的，想念。想念是真的。司朴也希望阿易能突然出现在她的面前。她又写：

原谅我的不合时宜，我是袒露了真实的内心感受，或者说我是不自信于自己对你的把握。总之，我暂时不想考虑这些了，我自己都觉得无聊。感情怎么能够规定，能够戛然而止呢？我的理想主义的毛病又来了，真实的生活中没有这些过于理想的东西,鲜花蓝天,泥石俱下,可能才是最真实的,也是有温度的。

总之,感谢你给予我的一切美好。

突然不知道再怎样写下去。但是突然得到一点轻松。是啊,哪有那么多需要考虑的问题,不想了,顺其自然吧。司朴算算,他们有八天没见了。

看书看书,喝点茶。早晨的院子里散发着微微的启动的安静的气息。旅社的女孩子睡眼惺忪地认真地收拾着院落,已经有一两个背包客背着大大的双肩包,悄悄出门了。司朴来成都好几次了,并不急于出去游览,只是想找个陌生的城市陌生的地方看看书发发呆。一会儿点一点儿旅社简单的早餐,自由看书,累了,再出去溜达。早晨给王玫发了信息,知道她一定很幸福,想着朋友的漫长的故事,也是替她高兴。王玫是抱着要和史帅走到一起的目的的,这么多年了,他们也应该互相交代一下了,想想他们,那种激情,也会像她这样,有一天,走在下坡路上吗?翻小客厅里书架上的书,拿了一本介绍六世达赖仓央嘉措的书,那是个才情卓世的达赖,有他的诗,司朴看见几句:

你见,或者不见我
我就在那里
不悲不喜

你念，或者不念我
情就在那里
不来不去
你爱，或者不爱我
爱就在那里
不增不减。

心里还是一动的。这是一种轻飘飘的看透的但是真实诚恳的心啊。

司朴在午后回到旅社小屋的时候，收到了阿易的信息。司朴早晨就到宽巷子里面去走了一圈，坐在一个人家门口喝了一碗茶，听他们摆龙门阵。成都话是好听的，温儒干脆。然后走到宽巷子外的街面上，意外发现了一家陕西面馆，进去正听见老板用纯正的陕西话骂他的手脚不麻利的店员。司朴笑了，没有搭腔。要了一份凉皮吃了，味道差强人意。什么小吃换了水土都是要打折扣的。早晨起得早，就有点困意。继续走回去，回到有一个洁净小床的小屋，白色的床单，厚厚木质的小桌和一个厚厚木质的行李架，台灯是蓝色的，一切都很简朴干净。司朴拿着毛巾和香皂到院子里的水管那儿洗了脸，看到院子里有两个不知哪个国家的年轻人专心舒适地靠在椅背上看书。年轻女子的头发是栗色的，束了一个高高的松松的马尾，侧影很青春。年轻男人也很青春活力的样子，但两个人都在静静地看书。司朴看着喜欢，多么动人的情景。

洗了脸，觉得清爽。回到屋子时听见手机响。

阿易的信息终于传来。司朴没有马上打开信息来看，她不能马上确定这个信息的内容是怎样的，所以有了一瞬间的担忧。已经八天没有见面了。他走的时候说去杭州，回来再见。应该已经是回来了。司朴因为自己也没有在，所以有了一点把握上的安然，不用挣扎在一种不为外人所知但强大的选择当中。

她打开信息。

小朴，我今天下午5点左右会到。你好吗？有空见吗？

简单明了的信息。阿易是这样的，他是一个能够控制自己和局面的男人。也许男人都是如此，不会就着问题的细节来讨论。是啊，如果司朴在西安，会见吗？会的，司朴听见自己心里说。坚持了这么多天，中间也是因为阿易去了外地，不然的话司朴不知道是否能坚持这么久。阿易一个电话，往往就溃掉了。司朴回复：抱歉，我因为有事在成都，还要两天才能回去，你好好休息。事情办得顺利吗？

两个人的对话如此理性和客气。

哦。那好吧。你也要注意点。

这不是思念吧，司朴懊恼于这样的矜持。但谁还能说出当初那样肉麻和充满挑逗的话来呢？谁都没有力气了。突然很伤感。什么都是循环，什么都是消亡的过程。如果早知，还会开始吗？可是，谁又能抵挡开始的诱惑呢？不能。

这种郁闷没有出口，有时候和赵建设在一起的时候，想象他的老婆自己的丈夫，就生出一种烦乱，可是能怎样呢？

拾肆

周六，小暖起得晚了点。孩子昨天就被爷爷接走了，这个周末赵建设家里有事，所以计划着也不约了。小暖起来没见李志峰，但是他的包外套什么都在家，可能是下楼买什么去了。小暖就打他的手机，结果手机在茶几上响了。他没带，看来是走得不远。小暖就下意识地拿起李志峰的手机，消掉刚才未接的家里的号码。突然手指就按向信息，小暖好奇，想看看信息都有什么。本来没有什么预感，只是好奇。结果这一看，小暖头轰的一下，手指开始抖了。

最前面的就是昨天日期的几条信息，同一个号码。小暖打开第一条：你是个很好的男人，谢谢你。小暖的心抖着，手指迅速打开第二条：我的心已经很久没有被温暖过，我现在觉得不那么孤单了。下来：酒真是好东西，哪天再一起喝酒吧。还有：中午有空吗？一起吃饭吧。还有：早上好，有人思念着。

小暖的手抖得已经不能朝下翻了。她跌坐在沙发上，半天不知道该怎样，完全是愣住了，心里涌着一股非常难受的非常烧灼的铁水般，难闻的味道也冲了上来。真是这样啊，明摆着他有情况！我还在这儿傻兮兮地想不会，就说最近怎么一直拒绝我。这明显不是一般的关系！小暖从发蒙转变为愤怒。

主要是小暖根本没有想过李志峰居然会这样！她对于李志锋一直是很有把握的，觉得他就是自己的丈夫，一个老实可靠的、没有太多情趣的、能把家和孩子照顾得不错的丈夫。她温小暖嫁给他，是他的福气，在这个家庭结构中，小暖是主动和有着自信的。所以看到这么多明显不是一般朋友的信息，小暖就像是被打破了生活中的天平一样，内心的倾斜让她发晕。

也没洗脸，也没开电视，就这么坐着。脸就冲着大门，不知道多长时间，应该也不是太长时间，小暖就觉得时间很长了。门嗒一声开了。李志峰提着几兜兜菜进来，换拖鞋时说：来接一下。小暖没动。李志峰两个手都占着，互相用脚踩着把皮鞋脱掉，然后把脚塞进拖鞋。

怎么了？还没睡够？

小暖一听，站起来，把手机拿起来甩到那个单人沙发上，手机弹了一下，停住了。你看看，你信息里都是什么！那人是谁？

李志峰看了小暖一眼，没有什么表情。走到厨房，把菜放下。然后窸窸窣窣解袋子把菜拿出来，整理。小暖看他不说话，喊道：我问你呢，李志峰！她冲到厨房，对着李志峰的背，说：你怎么不说话？你解释解释怎么回事！

李志峰转过来，对着小暖，很轻地说：没什么。

没什么，这是没什么吗？我看得清清楚楚，你说这没什么！什么好男人了，什么不孤单了！你原来还给别人当着“好男人”啊！

真的没什么。只是一个朋友，碰到点难事，心情不好，就有时候聊天。

聊天？说得这么动听！只是聊天的朋友哪有这么多肉麻的话，绝对是不正常的关系！你今天说说，是谁，怎么回事？你别不承认！

小暖瞪着李志峰，觉得头上的血管一跳一跳的很难平静。她瞪着面前的她的丈夫，他给了她一记重击！她没想到她完全没有怀疑过的丈夫居然有一天也有了外遇！小暖完全没法接受。在这一时刻，小暖根本没有想到自己的情况，她聚焦在李志锋身上，完全无法回神。

李志峰说：真的没什么，朋友之间，互相说说心情不好的事，可以吧？说说这些，难道会写出这样的话吗！

这些话也没什么过分的啊，那她要这样写，我又挡不住！

你们到什么程度了？你什么都不承认！没什么，给你说就是朋友！

小暖因为从那些话里也无法判断更深的程度，所以很气恼。李志峰又一再说没有什么，小暖一时不知说什么好了，就是觉得心口疼，气恼加上意外，她盯着李志峰，觉得好像不认识似的，很陌生。突然想到曾经的一些一晃而过的疑惑。

其实这就是她一直的丈夫李志峰，她一直按着自己把握的形象在生活，每个人都有另外的样子吧，尤其是在自己丈夫和妻子面前很少能展示的样子，需要别人的赞美和关心。

可是，李志峰，他不会吧，也许就像他说的，没什么。

这个周末是没过好的。和赵建设说好不约了，和李志峰产生这样的意外。本来小暖是准备在这个孩子不在的周末，自己又不准备出门，和自己的丈夫重温一下二人世界。没想到一大早就遭遇了这个，小暖发了火，也不吃饭。李志峰做好饭，自己吃了点，就说：我去爷爷家了。

小暖在沙发上坐着，火发过了，也无从再跳起来，关键是李志峰自始至终都很平静，自始至终都说根本没什么，就是一个朋友，生活中遇到点不顺心。小暖喊得急了，李志峰来了一句：谁没有几个朋友，我又不干涉你。

这句话是带着点特别的语气说的。小暖突然间心里敏感了一下，觉得李志峰是察觉了自己的，也才想起自己身后有多么严重的事情。不管李志峰有没有实质性的问题，他们顶多也就是打了个平手，而且，好像，李志峰应该是没有更严重的，小暖感觉。自己为什么如此难受呢？看来人性中自私的东西是控制不住的。自己都这样了，干吗受不了呢？可自己，就是受不了，心里特别难受。

所以李志峰走的时候，小暖没有说话，也没有劲说了，应该是没有底气说了。屋子里很安静，小暖不知所措。头一回没有立刻想着给朋友们打电话，抒发一下郁闷。因为她确实不好说了，她知道大家肯定说：难道你自己，你还……

她知道司朴她们俩去成都了。愣了半天，拿出手机，给她们都发了一条信息：成都很开心吧？

好半天都没有信息过来。小暖一阵烦躁。突然王玫电话过来：干吗呢，想起我们了？

没干吗。看你们怎么高兴呢。王玫一下子就听出小暖的语气不对，说：怎么了，发生什么事了？

没什么，没什么。你怎么还有时间打电话啊。史帅在那儿打电话呢，我就给我的朋友打一个嘛。你看你幸福的，算了算了，回来见吧。怎么了，你这人憋不住，憋着不难受啊？

唉，没法说。怎么了？我，唉，确实没法说。

说来听听。你还有什么没法说的？赵建设怎么惹你了？

不是。哎！那个，我发现李志峰有外遇！

啊？哦。

你哦什么你哦！我气死了！他还不承认！你发现什么了？他手机上的信息，我都看见了。什么你是个好男人什么。有什么可以证明人家就有情况呢？那倒也没法。但是，肯定有情况，不然怎么会说那些话！哎，没事的，我估计李志峰不会，你看你，你也不关心人家，还不能让人家有个红颜知己了?

哎呀,算了算了,不跟你说了。你们不知道。我知道你肯定要难受,谁遇见这种事会高兴啊！但是,你想想自己。我知道我知道,你就要说我。我州官放火了,也要允许百姓点灯!

知道就好嘛。算了,难受一下就行了。那是你丈夫,你又不准备离开他,对人家好点。

打完电话。小暖想,是啊,他是自己的丈夫,和赵建设又不可能怎样。难道自己想和李志峰分开吗？不可能啊。自己平时也是很忽略家里的,孩子李志峰也管得多。咳,算了算了,不想了。就决定洗洗衣服,拿起几件衣服看看有没有特别的污渍,心里又突然泛起信息上那几句话,一股难受又升了上来。真是的,我干吗要看他的手机,不知道不就没事嘛。

看完阿易的信息。两个人的貌似稳定让司朴懊恼,她是很想见他的。司朴肯定着这一点。但是,他回来了,自己在成都。司朴突然想立刻回去。可是,不知道有一个什么力量拉着她,让她的惯性一直继续着。不知道今晚阿易回去会不会看到信箱里她写的那几句话。她是流露了自己对自己的恼火的,她想了,顺其自然吧。我既然容忍不了溃败,又舍不得溃败前的美景。

回来是在两天之后。司朴后来应邀到史帅的房子里去住了一晚，三个人吃完饭坐在客厅里，只开了一个角落的落地灯。有一下没一下地聊天。也没有谈什么将来，大家聊的都是和感情无关的东西。坐在一起，尤其是大家都不能肯定的将来，谁能讲出什么豪言壮语呢？再也不是年轻的时候，能够那么真情地掷地有声地说出永远什么的字眼。那时候也确实是真的，也确实是相信它能够发生在这一生，唯一不知道的就是人生对豪言壮语有多大的杀伤力，人生的现实对于永远的童话的意义就是，童话永远是童话。

司朴坐在他们的客厅，真心希望朋友们能够幸福，这是来自童话年代的一对男女，还能够重逢在现实的社会也是不易。但是在客厅一盏漂亮的灯笼罩的光晕下，每个人都变得有点沉默。司朴有一点忧虑，谁也不知道他们是否能走到一起，虽然他们决心要为自己的梦付出代价。

不管怎样，拥有着就好好拥有。明天，是明天的事。明天回去，司朴决定第一件事，就是见阿易。

酝酿了这么久的见面。司朴见到阿易的时候是在下午，她在房间里等着，阿易说有个急事处理一下。司朴就泡了一杯茶，打开电视，坐在沙发上随便翻着。床就在两米以外，司朴没有坐到床上去，好像从近日的情绪中还在警惕地调整。

不过，司朴看着那床，想着阿易，身体很自然地就有了渴望。司朴悄悄笑了一下，是啊，他们是很好的。我怎么能有那么大的力气离开呢？我是在逃避什么，害怕什么，仅仅是害怕一份感情的日渐平淡吗？司朴不知道，总觉得还有什么东西在内心作祟，不仅仅是这么简单地抗拒激情的离去。

阿易开门进来时，大家都笑了。司朴那一瞬间是开心温暖的，甚至在心里感谢，感谢让我有他，看着他的面庞，无法离开。两人拥抱，阿易只说了一句：好好的。下来都一如既往地好。司朴想，这几天有什么意义呢？意义还是有的，司朴想，她还是懂得了他们可以再向前走，不同的是，她开始怀着一点点友爱了。

是的，友爱。

晚上和黄林一起出去吃饭。回来说是看碟，想起前不久买的几张韩国电影。就拿出来挑，金基德的两部片子，司朴说不想看了，金基德的片子好，但看多了人心里说不出地难受。他对于现实有太残酷的展现，虽然一切看似毫无关系。有一个片子叫《外遇的好日子》，黄林看了看简介，说：咱们看这个吧，有点轻喜剧。轻松。司朴看着这个电影名字，心里有点跳。真是有点邪，黄林怎么挑这个来看呢？是不是他也有着秘密的感觉，司朴不能肯定黄林是否有什么情况，但她是不相信他没有过的，大家都是多情的人，都是理解感情现实的人。只是他们之间早已建立起了一种不跨越某个干涉范围的默契，这种默契太难得了。他们仍旧爱着，而且也许越来越稳定，无人可替。这也和他们之间的默契有关，要想建立认识上的认可谈何容易。司朴的心里晃了晃，就摇了摇头。这是不能想的。如果她知道他有些什么，她真的能够脱俗地不在意吗？即便有，是一定不能想方设法知道的，那是一个毁灭的陷阱。

电影很好看，真的很好看。两个人都看进去了，喜剧的效果很轻，所以笑得也很自然。关于两个女人外遇的故事，两个女人和两个情人和两个丈夫之间的故事。难能可贵的是，导演没有加进任何道德上的主观上的评判，只是真实地展示这样一种生活，展示情感的一种真和脆弱，展示生活中可能真实存在的无奈，一切过去了，主题歌里唱：太阳出来时你来了，秋风吹着，你走了。是啊，唯一不变的，是生活永远向前走。

生活永远向前走。司朴想，阿易，是她生活中的一段吗，会多长久呢？会不会也像电影里的，都消失了，只剩下女人在女人的世界里显得快乐。

晚上躺在床上，黄林路膊过来搂住司朴。过了一会儿，嘴巴在司朴的右脸颊上亲了一下。说：睡吧，宝贝。

司朴知道几天的分离并没有让大家多么渴求对方，甚至这样舒适的睡眠可能是最需要的。司朴也不想,她在心里感谢黄林的真实。

天气开始冷了,深秋开始了。都翻出毛衣啊,薄外套什么的。庄稼都早就到了仓库,只有树叶开始三心二意。季节也是对人有影响的,一切都慢吞吞地向前走着,不是向开阔走着,而是好像都要进入冬季的冬眠了,没有活力,无能为力。

这个季节,女人们只吃过两顿饭,一顿川式火锅,一顿海鲜火锅。大家有一下没一下地聊着,没有什么令人兴奋的消息,也没有什么大的变化,互相看着,帮不上忙也没主意,季节好像开始在每个人的身上挂霜了。

司朴一如既往,和阿易之间还是有着一些和过去不同的东西,他们见面,互相思念,有时候几天也没有讯息,各自忙各自的工作和生活。只是司朴不再在意,知道了规律是不可抗衡的,但感情也是不可抗衡的。就开始学习阿易的处变不惊。日子就向前,司朴也不知道未来会怎样,无法放弃现在的拥有就对了。拿起放下,放下拿起。就是这样的一个过程,也许有一天彻底放下了,到时候再说吧。

王玫呢,从成都回来,孙光梦寐以求的职位眼看着就没什么悬念了,还是节外生枝了,突然就从外面来了一个空降部队，谁也不知道这个副行长是怎样冒出来的。虽然所有的人都对孙光表示强大的惋惜，孙光也表示没什么，但怎么可能没什么呢。一个男人，重要的首先是工作和社会上的一种认可，一切才有前提。社会角色满意了，才能看见自己的家庭，才能够感觉幸福。女人有时候可能是反的。王玫安慰孙光：没关系，下回有机会再说，这个社会，关系太复杂，咱们没有厚实的背景，已经很不错了。孙光没说话，王玫知道他真正是很在乎的。这段时间就对他好言好语，回家也不用其他事情烦他。孙光每天还是上班下班，应酬少了一些，但王玫明显看出上班是撑着笑脸的，回家一下子就松懈了，倒在沙发上也不太说话，看着电视，要不然在书房看书上电脑。孙光对王玫说：没事的，你别担心，不就是原来的，什么也没失去。我有你，我很踏实。这话王玫听着感动，但感动是令人烦恼的。她从成都回来，带着巨大的信心，又没有出口了。无法开口，那不是雪上加霜嘛。所以王玫也小心翼翼地郁闷着。温小暖更是郁闷，李志峰不承认她也没办法，除那些信息之外，小暖看不出有什么明显的动静，又不可能掌握每时每刻他都在干什么，人家也没有忽视家里和孩子。自己搞那么清楚想怎样呢？不知道。心里明白自己已经远远对不起人家了，可是，人的自私这时候就不放过，心里一直有着难受别扭的感觉，有时候还想一下究竟是什么样的女人，和李志峰有这样的交往。想象不来，在她的眼里，一直认为李志峰不会有这类事情发生，看来自己真的是错了。这种郁闷没有出口，有时候和赵建设在一起的时候，想象他的老婆自己的丈夫，就生出一种烦乱，可是能怎样呢，赵建设丝毫没有什么担忧，一副扎下势过日子的模样，小暖又不能向他诉说，结果就发了几次无名火，挑剔他对家里比对她好什么的。

隐没天空也是一种有诱惑的诱惑，虽然隐没，但是那种天空的深邃，让人会忘记很多曾经纠缠的东西，只记住有如星辰般光亮的一些记忆。

拾伍

冬天里发生了一件事。王玫怀孕了。从成都回来后她来过例假。然后再未见过史帅，事情明摆着。

王玫都蒙了，事情明摆着更糟糕了。因为周期推了快十天了，王玫心里突然咯噔了一下，早上起来想，不会……赶紧找了一个早早孕试条，从洗手间出来不敢再进去看，千万别，这不是添乱吗？过了十五分钟还是忐忑不安地走进洗手间，试条摆在洗脸池的旁边，在刚才，王玫有一瞬间自信地幻想应该不会，可能最近太紧张，心理压力过大，应该不会，绝对是一条红杠。结果那细细的白色试纸上醒目的两条红杠，一下子像重锤敲在她的心上。早上又去医院查了一下，结果属实。在窗口，应该是个实习的漂亮小护士，还笑盈盈地对她说：恭喜您了！

王玫的嘴咧了一下，没有笑出来。

在医院的长椅上坐了很久，脑子蒙蒙的，不知道该想什么。怎么办？直觉上当然是做掉这个孩子，但是，哪个女人能够一个人大无畏地去做这件事？这太可怕了。再说，后面的事情还得安排一下，总得休息几天，总不能让孙光知道。

怎么能怀孕呢？王玫糊里糊涂的，自己一直是和孙光比较严格地避孕，因为在内心深处一直有着不甘心，所以一直不愿意要小孩子，觉得这是最低的底线，如果要了，要想抽身走掉，那太难了。孙光当然想要孩子，但一直也比较尊重王玫，说：那你什么时候想通了咱们再要。王玫听见这种话犹如掉进了一个黑洞，她不知道还有没有那种可能，但自己为什么就不能干脆地说出理由呢？那时候和史帅还没有最终重逢。现在呢，两人在计划未来，王枚计划等过一小段时间，孙光的心情能平复一点，就和他摊牌。这种内疚时间太长了，王玫已经承担不起，对孙光更是太不公平。人家是一颗心准备着长久的日子，将自己的生活和王玫紧密联系在一起，而王玫一直心猿意马。王玫坐在医院的长椅上，想起孙光的样子，突然很难过。是啊，孙光在自己最难过的岁月里陪伴着自己，而且，不知他是不是有察觉，察觉王玫的心，但人家一直没有说破过，一直对王玫好。

王玫下意识地将右手放在了自己的小腹上，这里面竟然是她和孙光的孩子！怎么会呢，她那么小心，怎么会怀孕？他们现在之间的亲密也是很少的，上一次应该是在安全期的，可是，事情就是这么邪乎，安全期不是百分之百的安全，大家都知道，可是从来没有出过事，偏偏就在这种时候。

王玫确实不知道该怎么办了。孩子，她头一回想到这个词。这是个添乱的孩子。

王玫从医院里出来，没有上班去，没有力气上班，她的心被沉重的突如其来的事情搅得乱七八糟，她打车回家。回到家扑在床上，只想大睡一觉。好像只有睡觉能安慰自己，其实现在只能逃避在睡觉里。

结果睡得很沉，压力太大了，一个个梦在压力下更蓬勃地涌出来，她竟然梦见了自己生小孩儿的镜头。

关键是，她梦见看见小孩子的一瞬，竟然是惊喜的激动的。小孩子柔软的手的触感清晰得要命，他（她）的眼睛一只睁着一只闭着，头发有一点，茸茸的。王玫在梦里触摸他，在梦里激动地流着眼泪。孩子，孩子的概念冲击着一个女人天然的母性心怀，在梦里，只有孩子，没有男人。

司朴穿了一件黑色的大衣，柔软的质地，腰部有一个宽带子系着，她将手插在两边的衣兜里，头发束在后面，走在街上。下午4点多钟，人也不多，有点灰蒙蒙的，感觉到空气中似乎有一些按捺不住的水汽，也许会下一场雪。今年已经下过一场雪了，不是太大，就觉得冬天没有过瘾，似是而非。北方的冬季怎么能没有几场大雪？那就不是北方了。但现在的天气也不是能用规律来说明的，气候变化很大，开始出现一些奇怪的事情。希望能够下场大雪吧。走在街上，司朴没什么特别的情绪，既没有高兴也没有不高兴，心里平坦坦的也很平淡。想起村上春树有一次说，喜欢半个月能够自己跟自己过，可以不说话，沉浸在自己的内心和自己的故事中，每天按时间跑步和游泳，健康食品。村上可是有资格跑马拉松的人。这是一个特殊的作家，喜欢爵士乐和旅行，干净正确。司朴很喜欢他的生活态度，幸亏他成就了，不然也许没有这样一个能够坚持自己喜好的令人喜悦的人。

年龄越来越大一些，发现摒弃掉了一些以前很难摒弃的东西，剩下的就是简单的生活和自己喜欢的一些东西，其余的很难对自己形成什么作用和刺激。这很奇怪，原来怎么就那么舍不得呢？那么拥挤的一种日子。其实很少有记得的，很少有对现在还形成作用的，都是乱糟糟地来了走了。

司朴是见过阿易后，不想坐车，一个人在冬天的街上走路，觉得舒服。时不时约会，有时候一周，有时候两周，不见的时候在心里想念，也很容易克服，觉得美好觉得轻轻的，然后继续干自己的事情。见的时候，面对，没有其余，互相关心一下近况，也是轻轻的。见面不错，感觉也好，搂在一起觉得心里很静，开始出现一些空间，神思飞舞一会儿。不太有那种狠命的拥抱。这一切顺其自然地发展着，没有人说话，大家都在看一场烟花，美丽盛极，什么时候逐渐暗淡，隐没天空。

司朴走在路上，一步一步，身体渐渐在冬季的低气温中变得微微温热，渐渐变得心情开阔。就是这样的，隐没天空也是一种有诱惑的诱惑，虽然隐没，但是那种天空的深邃，让人会忘记很多曾经纠缠的东西，只记住有如星辰般光亮的一些记忆。什么不会消失呢？所有的，都会消失，人最终消失，人的一生也制造了很多消失的事情，为了这些消失，我们仍然在努力着。

时间真的是这个世界上所有的良药。时间过去了，很多东西找到了它的位置，很多东西渐渐没有力气，很多东西变成了别的模样，发现别的模样也是可以的。小暖和赵建设继续着，家里还是那样子，时不时对李志峰有一种怀疑，但是无法开口了，只是温小暖开始也将一些努力付诸在家里面，和李志峰有了一种亲情般的状态。他们的孩子健康地成长着。有一次被人领去，碰到一个懂周易的人，悄悄对小暖说：你肯定有婚外恋。小暖说：以后呢？那人说：不了了之。虽然小暖目前还不知道什么时候会不了了之，但心里面知道没有什么是永远的。

接着的另一个冬季，下了场大雪。二环路上新开的火锅店，几个女人，好朋友，坐了一个四方的小桌。王玫明显胖了一些，她的孩子出生了，是个男孩子，和她梦中梦到的一样。刚刚两个多月，孙光刚送她来这里，说：好好聚聚，孩子别操心了。他们请的最贵的月嫂，很不错。

这不知道是不是又是命里的事情。王玫刚刚发现怀孕的时候，她是绝望的发蒙的，昏睡了一天，包括女朋友都没有告诉。虽然关于孩子的梦也让她心生唏嘘，但现实的清醒她还是有的，我们不是为了在一起吗？我不是一直在努力这件事吗？第二天她打电话给史帅，想听听史帅的声音，想让这声音给她一些力量，让她去安排这节外生枝的事情。结果是关机，连续三天都是关机。王玫简直要疯了。三天后，她收到一个特快专递。一封简短的信，说是有意外的事情，所以马上出国。说这辈子最对不起的就是枚儿，希望她幸福。说是有一笔钱已经打到王玫的卡上，作为他不能再陪伴在她身边的一点心意。

王玫觉得一定是天塌下来了。就这么简单，就这么简单的几句话。他们重逢后的浓烈的爱情，就这么简单地结束了。结束了吗？她又想起了那天有关孩子的美好的梦，难道这个孩子真的预示着什么，难道这个孩子真的是她必需的孩子？上天知道她将有大的失去，就给她送来一个孩子？但是史帅，甚至没有考虑要带她一起出国，他搁下了她。

他真的发生了什么只能弃她不顾的事情？他们的诺言还在耳边那么清晰。

一个星期以后，王玫终于从成都史帅的一个朋友那儿得知，史帅牵扯进一个复杂的案件中，可能会很麻烦。王玫一下子就明白了。一下子就平静了。多么珍贵的感情，也是不堪一击，那都是和平时期的锦上添花，在非常事件下，这些感情，真是没有用的。王玫想着这些年来，她和史帅之间的感情轨迹，一直就是这样地不真实，跌宕起伏。可能现在，算是高潮吧，硬生生戛然而止。王玫终于建立了理解，她理解，她不怪他，他不可能选择留下来拥有她，那他就损失了自己的立身之本。他也不可能带她走，他们属于这里的空气。这，就是自己此生的一个故事吧，很久很久以后，是不是还能这么难过呢？

王玫只是默默地哭了一场。她也奇怪自己可以短时间平静下来，她抚摸着自己的小腹，长长地呼出一口气，孩子，这是踏实的事情，不是烟花，不是缥缈。

然后，过了两天，约孙光在川菜馆吃饭，说：我想吃酸辣的。然后说：我们有孩子了。

孙光的兴奋程度让王玫的心里生出更多的内疚，是啊，漫长的时间对于孙光完全是不知情的，现在呢，也更不需要知情了。孩子，突然出现的孩子，王玫肚子里的变化，让她感到一点异样的踏实，这一点异样的踏实似乎让她在一瞬间不再在意。但她知道，那种痛，也许很久都难以消失。但她知道，这应该是向外走的一条光明的路。她知道，这个孩子，会健康正常地成长，因为他有一个好爸爸，他的妈妈，也准备做一个专心的爱孩子的妈妈。孩子，拯救了她，拯救了她的虚无。

火锅很好吃，三个人点了一大桌东西，聊得很开心，有时候哈哈笑。别的桌上的人看向这边，一定是羡慕几个年轻靓丽的女人，其实有些东西也同时在火锅里搅着，一下子又翻不见了。看着外面还在稀稀疏疏飘落的雪花，除过王玫，司朴和温小暖喝着啤酒，两个人都没有什么酒量，脸已经红扑扑的。司朴说：枚呀，好好带小宝贝，夏天，再过几个月，你能上班了，小宝宝能出门了，带上他，咱们去杭州玩玩，马妞那家伙，说是夏天要结婚。

马妞在一次航班上，碰到一个英俊的英国小伙子，小她四岁，爱马妞爱得不行。马妞觉得小伙子成熟又文雅，和她的孩子像哥们儿一样，孩子居然很快就被这个人"制服"了，开始知道学习，也懂事多了。看来这就是缘分来了，马妞打给司朴的电话说。司朴说：我倒没有想象过你会碰到一个外国人，但真的挺好的，祝福祝福。马妞说：我真正有了一个家，觉得还真好，这个小子，小我四岁，倒给我当起家长来了。哈哈。吃着火锅，司朴给大家讲这个马妞的婚事。小暖说：干个杯干个杯，为马妞为大家！

杯子轻轻嘭嘭的，外面的雪花也在窗玻璃上轻轻的嘭嘭的声音。玻璃上的水汽融化着外面的雪花。降落就消失了形状，但还是前仆后继的。窗外的雪花，希望慢慢地，下得大起来吧。一个货真价实的冬天，有雪花降落着，大家能看着，看着看着春天的花就开了，如期而至，什么都不用担心。